女だてら　麻布わけあり酒場

風野真知雄

幻冬舎時代小説文庫

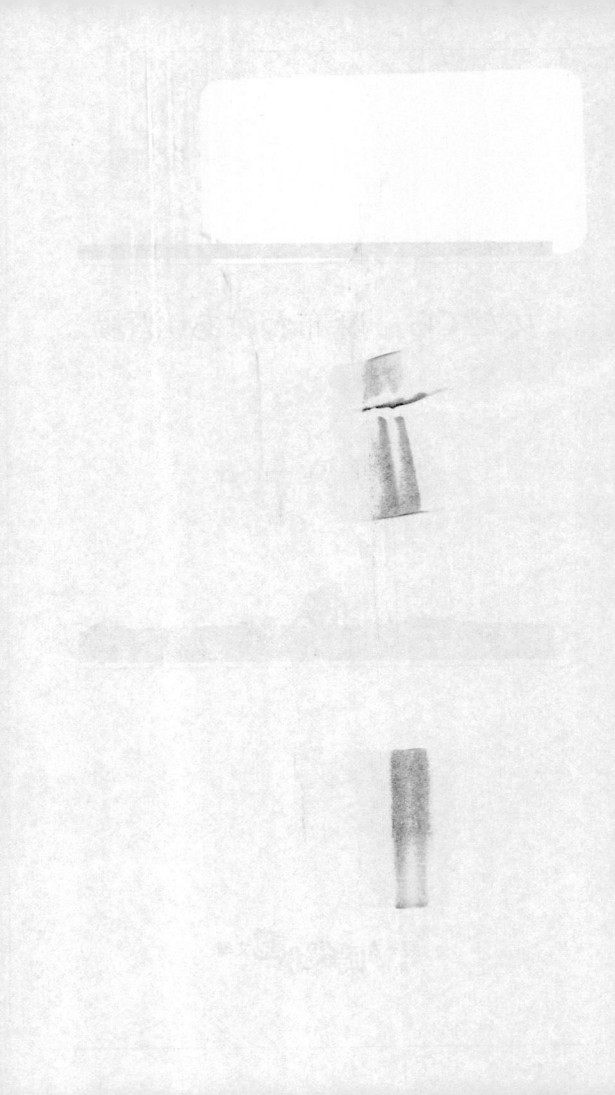

女だてら　麻布わけあり酒場

目次

序章　業火　7
第一章　炎の場所　35
第二章　釜三郎　96
第三章　猫が招くもの　167
第四章　食いものの恨み　236

序章　業火

一

――また、眠れなくなっちまった……。

星川勢七郎《ほしかわせいしちろう》は、闇《やみ》の中で舌打ちをした。

一度は酔って、そのまま眠りについたのだが、酔いが醒《さ》めるころあいには目も覚めてしまった。眠りが浅くなっているのだ。こうなると朝まで眠れなくなったりする。

――まるで爺《じじ》いみたいだ。

と、うんざりした。

いま、五十半ば。爺いと言われるまでには、まだまだと思いたい。

同じ歳《とし》で元同僚の田崎《たさき》という男は、酔うたびに「おれもお前も、もう爺いだ。あとは死ぬのを待つだけだ」と、声をかけてきた。しかも、この男がまた、同じ歳とは思いたくないほど、老けた顔をしていた。星川は、その台詞《せりふ》を言われるたびに、顔面を殴ってやろうかと思ったものだった。

家の中は真っ暗である。

布団から這《は》い出し、火鉢のあるところまで来た。何も見えないまま火箸《ひばし》をつかみ、灰の中にあるはずの熾火《おきび》を探した。

ぽおっ。

と、闇の中に小さな赤い火が現われた。

おこうの微笑《ほほえ》みのように、温かくやさしかった。

——火はいいもんだな。

と、星川は思った。

それから、こよりに火を移し、枕元のあんどんに明かりを点《とも》した。

枕元に銀杏《ぎんなん》の殻がいっぱい散らばっていた。いったいいくつ食べたのか。殻の量からすると、一合枡《いちごうます》分ほどはありそうである。

だいぶ酔ってしまったらしく、寝しなに銀杏を食べたのは記憶になかった。

布団にもどり、腹這いになったままキセルに煙草《たばこ》をつめ、あんどんの火で一服した。

吸い口のところが、前歯に当たらないよう気をつけた。そこが虫歯になっていて、ちょっとぐらつく感じがあるのだ。

歯が抜けたりしたら大変である。

これから女を口説こうとしているときに、前の歯が一本なかったら、せっかくの口説き文句もすうすうと間抜けな隙間風《すきまかぜ》をともなうことになるのだ。

歯が抜けたやつは同僚にも何人かいた。田崎などは前歯が二本なかった。そいつらが笑ったときの抜け作づらときたら……。自分があんな顔になると思うと、星川は死ぬほどぞっとしてしまうのだ。

——そうなったら、おこうさんのことだって、あきらめなければならなくなるだろう。

それは、この先の生きがいを失うということでもあった。

ついひと月ほど前、星川勢七郎は町奉行所の同心《どうしん》の役目を倅《せがれ》にゆずって隠居をした。

すぐに八丁堀の役宅《やくたく》を出て、ここ麻布《あざぶ》坂下町の長屋に入った。ふつうならあの家の隠居部屋にでも住むのだろうが、そんな気はまったくなかった。

役宅では倅の喜八郎《きはちろう》が嫁をもらって住んでいる。ふつうならあの家の隠居部屋に

役宅を出て一人住まいすると告げたとき、倅は呆《あき》れ、

「父上、なにやら怪しげなことなどお考えではないでしょうね」

と、探りを入れてきた。

カタブツの倅は、父親のことを信用していないのだ。

「来年あたりには孫もできるでしょう。おとなしく孫の世話でもしていてくださ

い」

そうもぬかした。

冗談ではなかった。暇な年寄りになど、金輪際《こんりんざい》なりたくなかった。

孫の世話なんてする気もなければ、倅には言いにくいが、苦手な嫁の機嫌を取るつもりもなかった。

身のまわりのことくらいは自分でできる。飯のしたくも、洗濯もそうじもやる。

じっさい、妻が十年前に他界してからは、そうやって生きてきたのだ。それができ

なくなったら、お陀仏《だぶつ》のときだろう。

武士の家では、老いた男は老妻や嫁に頼ったり、女中に世話をしてもらったりして、だらだらと長い老後を生きのびている。だが、町人には生涯ひとり身で、身のまわりのこともすべて自分でやるという男がいっぱいいるのだ。

連中は、どうにもならなくなったときだけ、近所の人たちの善意を受け入れる。ふだんから甘ったれたような暮らしは送っていない。

町方の同心だった星川は、そっちの人生のほうを数多く見てきたし、それでいいのだとも思う。「おれは武士だ」などと偉そうにしていたやつのほうが、老後を見ると、よほどだらしなく情けない人生を送っている。

おこうのことは好きだが、身のまわりの世話などは望んでいない。

「おいらをそこらのくされ侍といっしょにするんじゃねえぞ」

星川は、自分に言い聞かせるようにつぶやいた。

――いまは何刻《なんどき》なのだろう。

起き上がって台所の窓を開け、夜の空を見た。

十月(旧暦)の満月が、中天あたりにあった。

満月というのは陽《ひ》が沈むと東の空に現われ、陽が出るころに西の空へと沈む。中天あたりにあるということは、寝ついてからまだ一刻《いっとき》くらい（およそ二時間）しか経《た》っていないのだ。

——ん？

半鐘《はんしょう》が鳴りはじめた。こっちの窓からは赤いものは見えない。高台のほうらしい。この長屋は吹き抜けになっていて、裏手は麻布の高台のほうを向いている。雨戸をすこし開けて、外を見た。

直接、火は見えないが、空の一部が赤く染まっていた。一瞬、

——きれいな色だ……。

と、思った。人の心の闇に灯《とも》る情熱の色だった。

場所は近い。坂上の寺の裏側である。

——あれ？　おこうさんの店のあたりじゃねえか。

まさかとは思うが心配である。それに、こういうときは男の実《じつ》を見せたほうがいい。おこうに近づく機会ではないか。

星川勢七郎は、寝まきに刀一振りを差して家を出た。

二

若松屋《わかまつや》の若旦那《わかだんな》、いや元若旦那の日之助《ひのすけ》は、まだ寝床にも入らずにいた。

布団の上にあぐらをかいて、考え込んでいる。

この先の人生についてである。

十日前におやじから勘当された。蔵前の札差《ふださし》〈若松屋〉の若旦那だったが、日之助は家を出て、弟の伊之助《いのすけ》があとを継ぐことになった。

勘当というと、訳はたいがい決まっている。吉原にどっぷり浸《つ》かり、花魁《おいらん》に入れ込んだあげくに店の金を使い込み、このままでは身代《しんだい》をあやうくする。

そんなことで勘当になる。

あるいは、悪い友だちができ、喧嘩《けんか》ばかりして、そのうち誰かを傷つけたり、傷つけられたりといった事態が予想される。町方に捕まりでもしたら、責任を負わされる。

そういうことになる前に勘当されてしまう。これもままある。

日之助はどっちでもない。

父親の商売のやり方に盾突いた。相場で損をさせ、酒問屋をまるごと乗っ取るという父親のやりくちは、日之助に言わせれば商売というより詐欺に近かった。

「儲《もう》かればなにをやってもいいってわけじゃないでしょう」

と、日之助は文句を言った。

「親に文句を言うのか」

「親のしたことはいずれ子にかぶさってくるんです」

いまは力で押し切っても、かならず揺りもどしが来る。それは代が替わったときに起きがちなのだ。

「だったら、かぶさらねえようにしてやる。出ていけ。勘当だ」

そういうことになった。

三十一にもなった倅を勘当するか、と呆れたが、いまにしてみると、おやじはずっと腹違いで一つ下の弟を後継ぎにしたいと思ってきたのではないか。

またあの弟というのが、論語が正座したようないい息子なのだ。父の言うことは絶対で、論語に書かれていない悪どいことも言われるがままにやる。親にとって都合のいい息子。

日之助は、おやじが見つけた嫁とは二人つづけてうまくいかなかった。二人目の嫁と離縁した三年前あたりから、おやじとは互いに口を利くことも少なくなっていた。いずれこうなるとは、心のどこかで予想していたような気もする。

——まさか、あのことにも気づいた？

いや、それはない。絶対、誰にも気づかれていない。

おやじもさすがに裸で放り出すのは気がひけたらしく、

「おめえの好きなように商売でもやってみればいいさ」

と、三百両をつけてくれた。

若松屋の身代からしたら、三百両くらいは蔵の隅に置かれた猫いらず程度のものである。が、新しい商売を始めるには充分な額だろう。しかも、これで当分、食う心配はない。

——なにをしたらいいだろう。

さっきは、おこうにも相談してみたのである。

「日之助さんにふつうの商いは難しいかもしれませんね。おやさしすぎるから」

おこうはそう言った。やさしいといっても、誰彼なく恵んで歩くほどではない。代金を請求する程度の非情さは身につけている。

「何もしないわけにはいかないだろ？」

「それはそうですよ。人は死ぬまで一生懸命、働かなくちゃね」

「といって、三十過ぎて職人の弟子になるには遅すぎるし」

「何か意外な得意技みたいなものはないの？」

「あるわけないだろ」

と、日之助は笑った。

ひとつはある。だが、それは言えない。

――ほかに何かなかっただろうか。

囲碁は子どものころから強かったが、それで飯を食うには、囲碁の家元のようなものにならなければ無理である。

虫が好きで、コオロギなどを育てるのもうまい。いざとなれば、すこしわびしい気はするが、コオロギを売って歩いたってかまわない。

「落魄《らくはく》した若旦那のコオロギ売りってのは、哀愁があっていいなあ」

と、元同心の星川勢七郎は面白そうにしていた。

ただ、あれは秋口だけの商売だろう。とすると、ほかの季節の仕事も見つけなければならない。

そういえば、子どものときから味覚が鋭かった。味の微妙な違いがわかり、かたちのわからなくなった食べ物でも当てることができた。

おこうにもほめられたことがある。「それは日之助さんの素晴らしい才能よ」と。

アサリの汁にハマグリが一個まぎれていたのを当てたときだった。

食いもののことにうるさい男なんて、むしろ軽蔑《けいべつ》していたので、あのときは別に嬉《うれ》しくもなかった。こうなったいまは、そういう能力を生かすことも考えなければならないのかもしれない。

――おこうさんの店で、板前修業をさせてくれないか。

それだと、ずっといっしょにいられたりする。つくづくいい女だと思う。どこかで頑《かたく》なだった気持ちが、あの人のおかげでほぐれた気がする。

明日にでもさりげなく訊《き》いてみようと思った。

ただ、急いでやらなければならないのは、この若松屋の別宅を引き払うことである。

代々の寺が麻布にあるため、おやじが別宅の一つをここにつくったのだ。ここに出入りするようになったため、おこうの店にも通うようになった。

いまは勘当の身。許してもらうつもりもないのだから、若松屋の別宅に住むわけにはいかない。

長屋でもなんでもいい。明日あたりはそれもやらなければならないだろう。

——おや？

半鐘が鳴っていた。半鐘は火事が近いほど、叩《たた》くのが速くなる。いまは叩くのではなく、鐘の中にバチを入れて、擦《す》るように鳴らしている。すぐ近くの火事だという合図である。

二階の窓を開けると、坂上の町が燃えていた。焦げくさいにおいがここまで漂ってきていた。

三

〈月照堂《げっしょうどう》〉の源蔵《げんぞう》は、半鐘の音で目を覚ました。

だが、なかなか起きる気になれず、そのまま布団の中で丸まっている。

今宵《こよい》もろくでもない夢を見ていた。

源蔵が書いて発行した瓦版《かわらばん》のことで、ヤクザに脅されている夢だった。若いときから喧嘩っ早く、腕っぷしにも自信はある。ヤクザだって一人くらいなら相手になってやる。そんなふうに粋《いき》がっていた。

だが、ざっと二、三十人ほどに囲まれていた。「指でも詰めりゃあいいんだろ」と居直ったら、「指くらいじゃ駄目だ。首を詰めろ」と、ますますひどいことになっていた。

そこまでではないが、じっさい脅されて悩んでいる。現実に近い夢なのだ。

十八のときから四十三のいままで、ずっと瓦版の仕事をしてきた。

がらっぱちで無鉄砲な性格である。その勢いで、目立つ記事を書いてきた。

ほんとに起きたことを、まるで講釈のように面白おかしく書く。まるっきり嘘《うそ》を書くわけではない。が、中途半端な嘘は性質《たち》が悪いので、馬鹿馬鹿しいくらいの大嘘にする。目の前で起きていることのように、なおかつ読む者がハラハラドキドキするように書く。

「あんたはたいしたホラ吹きだ」

と、戯作者《げさくしゃ》から褒められたこともある。

また、よく売れてくれた。

ところが、気がつかずに虎《とら》の尾を踏んでしまったらしい。

初めてではない。十年に一度の割合で、いままでに二度、大物相手に失敗をしでかしていた。

最初は材木問屋の大物が、吉原でふられた話を面白おかしく書いた。これが気にさわったらしく、何度も永代《えいたい》橋から落とされそうになった。

二度目は、ヤクザの親分が喧嘩の出入りのとき、相手の組の家の厠《かわや》に落っこちた話。これはそれほど大げさに脚色しなくても爆笑ものの話だったが、書かれたほうは激怒した。

暗闇でいきなり襲撃され、背中を斬《き》られた。二十針ほど縫った痕《あと》は、いまもはっきり残っている。

この件は、次の出入りの話を勇壮な冒険譚《ぼうけんたん》ふうに書くことで許してもらった。

どっちの件でも死んでいておかしくなかった。生きながらえてきたのは、危険を察知する妙な勘と、ろくな神信心もしてこないのにつきまとってくれた運のおかげだろう。

ただ、三度目の今度はちょっと変わっている。これまでは、尾を踏んだ虎の正体もわかったし、何がまずかったかも気がついた。

今度のは相手も、何がいけなかったのかもわからない。

ある日、瓦版をつくっている作業場が無茶苦茶にされ、夜、歩いているときに刺されそうになり、どうにか準備できた次の瓦版も、売りに出す前にまるごと盗まれた。

被害を番屋に相談してみても、誰も心配してくれない。

知り合いの町方の役人や岡っ引きにも話をしたが、とにかく「もう、瓦版はやめたほうがいいな」と忠告されただけ。

どうも、よほどの大物が背後にいるらしかった。

おこうの店で知り合った元同心の星川勢七郎にも、昨夜《ゆうべ》、そのことを話してみた。

星川は、いままで誰も親身に聞いてくれなかった話に初めて耳を傾けてくれて、

「おめえ、自分でも気づいてないから助かってるんだぜ。突っ込んで命を無くすのか、このまま瓦版をやめるか、どっちかだな」

そう言った。

「源蔵さん。ここは捲土重来《けんどじゅうらい》よ」

と、おこうも心配そうに言った。

いいことを言ってくれた。捲土重来。一度、敗《やぶ》れても、ふたたび盛り返す日がくる。このままあきらめるのでは悔しすぎる。復讐《ふくしゅう》のための一時撤退なら、我慢できようというものである。

やっぱり、おこうという女は賢いのだ。こっちの気持ちをわかってくれる。

勢いにまかせて、ずいぶん多くの女と付き合ってきた。だが、あんなふうな、いっしょにいて安らぎを感じさせてくれる女は初めてだった。最初におこうと知り合っていれば、さっさと家におさまっていたかもしれない。

——そうだ。巻き返しを期待しよう。

だが、相手があまりに大物だと、一年や二年では許してもらえないかもしれない。雌伏《しふく》の期間が三年、四年となったら、飯を食っていくすべを考えなければならない。

何度か大儲けしたことがあって、二年ほど食う金はある。これをいまのうちに商売の元手にしておいたほうがいいかもしれない。

――なんだかやかましくなってきたな。

半鐘の音が気になりだした。

窓を開けると坂上の町が燃えているのが見えた。

――おこうさんの店のあたりじゃねえか。

ずっと商売道具だった矢立てを帯に差し、源蔵はふらつく足で外に出た。

四

麻布は坂の町である。

下町と高台をつなぐたくさんの坂道があり、すべてに名前がついている。

新堀川にかかる一ノ橋から町人地を抜け、いくつか角を曲がって高台へと上る道は、一本松坂と呼ばれた。

坂を上り切ったところに、まるで一里塚のように目立つ松の木があり、これが一本松と呼ばれていたからである。

この坂の下で、星川勢七郎と日之助が出くわした。

「星川さん」

「よう、若旦那」

「そんなことより、若旦那はやめてくださいって」

「そうみたいですね」

一本松坂は、上りたてはゆるやかな坂なのだが、上へ行くにつれ傾斜はきつくなる。それでもふだんはさほど苦にならず上り下りしていたが、いまは二人ともあえぎながら駆け上った。

「やっぱりです」

「なんてこった」
四、五軒の家が燃えているが、その中心がおこうの店だった。
凄《すさ》まじい火だった。火鉢の灰の奥にある小さなぬくもりのような火とも、さっき夜の空の中にあった情熱のような火とも、同じ火であるはずなのに、まるでちがっていた。

圧倒的な力で湧《わ》きあがってきた暴動のような炎だった。禍々《まがまが》しく、尊大で、怒りを感じさせる炎だった。

星川勢七郎と日之助は、周囲を見回した。野次馬ばかりで、おこうの姿はない。避難していないのだろうか。

「おい、まだ中にいるってことはねえよな」

「まさか、そんな、まさか……」

火消しの衆がぞくぞくと駆けつけてきている。ここらは、いろは四十八組のうち〈え組〉の担当区域である。

屋根の上で纏《まとい》が振られ、類焼を防ぐため、家屋が壊されはじめている。

すこし遅れて、もう一人の飲み友だちの源蔵も駆けつけてきた。家は三人のうちでいちばんここから近いが、出遅れて悔しそうな顔をしている。

「おこうさんは？」

と、源蔵が訊いた。

「見当たらないんですよ」

「くそっ。水はねえのか、水は」

星川が喚《わめ》いた。

近くにあった防火用水はすでに使い果たしたらしく、星川は向かいの寺の坊主たちが、ちょうど運んできた水桶《みずおけ》を奪って、頭からかけた。十月半ばである。夜、水をかぶるのは、山伏《やまぶし》の荒行のようなものだった。

おこうの家に近づくが、

「駄目だ、入れっこねえよ」

と、火消しに止められた。

「うるせえ、引っ込んでろ」

星川は振り切って数歩進んだが、火勢が強くてそれ以上は行けない。

ふと、二階にふらふらと人影が現われた。

「おこうさんだ」

日之助の顔が大きく歪《ゆが》んだ。

「なんで逃げなかったんだ」

と、源蔵がつぶやいた。

まちがいなかった。ほんの数刻前に別れたおこうだった。火の赤い輝きが、おしろいの要《い》らない色白の顔をはっきりと浮かび上がらせた。

五

おこうは煙で目が覚めたのだった。

咳《せ》き込みながら立ち上がった。

酒が過ぎたかもしれない。ふだん酔うほどには飲まないが、今宵はつい常連の三人と話し込んだせいだった。

だから、出火に気づくのが遅れてしまったらしい。

煙はこの家の階下から来ているのだ。

階段の上から下を見た。

左手、家の裏手のほうで火が出ているのがわかった。

また、煙が来た。激しく咳き込み、喉《のど》が痛んだ。

――なんで、あんなところで。

火の気などまったくないところである。

おこうの気配に、飼い犬のももが階段を駆け上がってきた。

「あらあら、来なくてよかったのに。待っててね、いま、逃げるから」

持ち出すべきものはないか、咄嗟《とっさ》に考えた。

いちばん大切なものは預けてある。つい四、五日前のことである。虫の知らせだったのかもしれない。

「あ、みかんが」

みかんとは、飼い猫の名前である。その猫が見当たらない。煙におびえ、どこかに潜り込んだのか。

みかんは一階にはあまりいかない。人見知りするのだ。隠れているとしたら、この二階のどこか。

「みかん、みかん」

何度も名を呼んだ。ここに来る前から飼っていたおばあちゃん猫である。火事で死なせたらかわいそうだ。

かすかに返事が聞こえた。やっぱり、この部屋のどこかにいる。押し入れをのぞいた。奥に気配があった。

「大丈夫よ。出ておいで」

さらに奥に潜ってしまう。

おこうは自分も押し入れに頭を突っ込み、奥のみかんを引っ張り出した。

猫は二階から飛び降りたって平気である。おばあちゃん猫でもそれくらいの敏捷《びんしょう》さは残っているだろう。

「それ。お逃げ」

窓から放った。

犬はそうもいかない。帯でももの身体《からだ》を結び、窓からゆっくりと下におろした。

——さあ、逃げなくちゃ。

階段を下りようとしたとき、下から煙が吹き上げてきて、喉が詰まった。苦しさのあまり、目の前が暗くなり、しゃがみ込んだ。

すこし気を失っていたらしい。

階下でがたんと何かが焼け落ちるような音がして目を覚ました。

熱かった。階段のあたりは熱風が吹き荒れ、近づくことすらできない。ふらふらと窓辺に寄った。

いつの間にか周囲は人だかりがしていた。そのようすを見てようやく、自分がきわめてまずい状況にあることを実感した。火に包まれていた。

——もう、逃げられない。

今宵、遅くまでいっしょに飲んだ三人の男たちが見えた。

やさしくていい男たちだった。それぞれにちがった魅力もあった。三人とも、何か心に傷を抱えていた。だからこそ、自分が必要とされている気がした。

あの人の面影も薄れてきて、もしかしたら新しい恋が生まれるのかもしれない、そんなふうに思いはじめていた。

その矢先だった。

あたしはそういう運命なのだろう。

——ありがとう。お世話になりました。

三人に向かってゆっくり頭を下げた。

長くはないが、いい人生だったと思う。少なくとも生きた甲斐《かい》のある人生だった。

たったひとつだけ、気がかりがある。捨てるようになってしまった子どものこと。三年後に探したときは、家を出てしまっていた。

――最後に、あの子の顔を見たかった。

そう思ったとき、家が大きく揺れた。

六

おこうがこっちに頭を下げたのが見えた。

「おこうさん、飛び降りろ！　おこうさん！」

星川が喚きながら、ふたたび家に突進しようとした。今度こそ火の中に突っ込もうという勢いである。

火消し衆が飛びついてきた。

「無理だ」

「頼むよ。行かせてくれよ。あの人が死んだら、おいらは……」

三人がかりで、はがい締めにされた。

星川は倒れ込みながら二階の窓を見つめた。おこうがろうそくの芯《しん》のようになっていた。

「これはねえだろうよ」

業火《ごうか》。

という言葉が頭に浮かんだ。

地獄の火。罪深い人間を焼く炎。それはまさに業火のような恐ろしさだった。だが、焼かれているのは自分のような愚かな糞《くそ》ったれではない。菩薩《ぼさつ》のようなおこうなのである。

「こんなことがあっていいのかよ」

星川勢七郎はもう一度、呻《うめ》くように言った。

日之助は泣いていた。大の男が大きな声で泣きじゃくっていた。

どうして人生のときどきに、こういう残酷なことが待ち受けているのか。

日之助が大好きな女を奪われるのは、これで二度目だった。

十八のときの恋。照れくさそうに笑う同じ歳の娘が、流行《はや》りやまいであっけなく逝《い》った。

すべてあそこから歪みはじめた。悪癖もあのときから生まれた。やっと素直な気持ちがめばえてきたように思っていたのに。

「もう、勘弁してくれよ」

日之助は袖《そで》に顔をうずめた。


源蔵だけは冷静な目でおこうの最期を睨《にら》みつけていた。だが、握ったこぶしは激しく震えていた。

火事の現場などは数え切れないほど見てきた。子どもの悲鳴が響き渡り、火だるまになった人が駆け、火消し衆が屋根から火の中に転がり落ちる……そんな修羅場も目の当たりにした。

だが、これほどの衝撃は初めてだった。

つい数刻前、笑顔で別れた女がいまは火に包まれている。悪夢そのものだった。

――バチが当たったのかもしれない。

そう思った。他人の不幸を面白おかしく書いてきた。それで飯を食ってきた。自分の番がきても、何の不思議はなかった。

ばぁーん。

という大きな音がした。家が崩れはじめていた。

この家はね、意外にしっかりしたつくりなのよ。この前の地震もほとんど気がつかなかったくらいなんだから。おこうはそう自慢していた。そんな家でも、炎に焼かれると、藁《わら》の家みたいにもろかった。

さらに強い炎に包まれ、おこうのいた窓が、赤い幻になった。

第一章　炎の場所

一

ものの見事に焼けていた。

　一帯およそ七、八軒分。ところどころにかつて柱だったものが、剃《そ》り残した髭《ひげ》のように情けない姿をさらしているが、あとはすべて白い灰と真っ黒い炭になって地表をおおっていた。

　風が無く、前の日の朝に降った雨の湿り気のおかげで、これくらいの類焼ですんだなどと言われていた。それと、周囲が広い敷地を持つ大名屋敷や寺で囲まれているため、火の進む勢いは遅かったのだろうと。

　焼け跡に、飲み友だちの三人が背を丸くして、帰り道がわからなくなったカブトムシのようにうずくまっていた。

おこうの骨を拾っていた。

それはさほど苦労せず見つかった。家が崩れたあたりで、屋根一枚分ほどの灰の下に、これから医者の診察でも受けるみたいに行儀よく横たわっていた。砕きながら、月照堂の源蔵が準備してきた壺《つぼ》の中におさめていく。

「ほかに亡くなったのはいるのかい？」

と、星川が訊いた。

「いないらしいね」

源蔵が不機嫌そうに答えた。

「おこうさんだけかよ」

不条理きわまりないことだった。運命の首ねっこをつかんで、締め上げてやりたい。星川は急にこみ上げた怒りのぶつけどころが見つからず、うろたえたような顔をした。

「ほんとにいなくなったんですかね」

と、日之助がつぶやくと、

「ごめんね、驚かせちゃってとか、そのへんから出てくる気がするよな」

源蔵はおこうのやさしげな話し方を真似《まね》た。話し方は似ていたが、おこうのすこしかすれた声には似ていなかった。

「それだったら、どんなに嬉しいでしょうね」

日之助は、子どもみたいな口調で言った。

「ここが火元だったらしいな」

と、星川は喉仏らしきかけらを拾ってから言った。

「そうなんですよ」

源蔵が悔しそうに言った。

「あのおこうさんが、火元になるようなしくじりをしますかね？」

日之助が二人を見た。

「しねえよな」

と、星川が言った。

「あっしもそう思いますよ」

「おこうさんはおおらかだったが、用心深いところもあった」

「火の始末はとくに気をつけてた」

「じゃあ、変でしょう？」

「付け火かもしれねえ」

と、星川は低い声で言った。

「付け火ですって？」

「ああ。不始末じゃなかったら、それしかねえだろうよ」

「ただ、星川さん、近所のやつらが妙なことを言ってましたぜ。火は中から出たんだと」

「それはほんとか、源蔵？」

「隣りの下駄屋のおやじがそう言ってました。しかも、中といったって調理場のところじゃねえ。階段の向こう。いちばん奥のあたりだって」

「え？」

「おやじは隣りの出火に気づき、外に出て、戸を開けようとした。だが、かんぬきが掛かっていて、開きやしねえ。そのわきの、格子がはまった窓の障子が破けていて、そこから中を見たんだそうです。だから、間違いありませんよ」

「…………」

星川は眉をしかめた。

それはほんとに妙な話だった。

おこうの店のつくりは、その前が団子屋だったせいで、手前が調理場になってい
た。団子を焼きながら、店頭で売っていたのだ。そのわきに、二階に上がる小さな階段があった。

奥のほうが客の入るところだった。火が出たというのいちばん奥は、厠に出る戸口はあるが、かんぬきが掛かっていただろう。あとは、客が腰をかける小さな樽《たる》がいくつか並んでいるだけで、ほかには何もなかった。

「変な話ですね」

と、日之助も首をかしげた。

「だから、付け火じゃねえのかも」

「ううむ」

星川が唸《うな》った。

話しているうちに、骨は拾い終えた。

「日之助、寺はどこか聞いてるか？」

と、星川が訊いた。

「いや」

「源蔵も？」

「聞いてませんね」

誰も知らないのだ。つねづね自分がいちばん惚《ほ》れているとぬかしていたのが、菩《ぼ》提寺《だいじ》すら知らないのだ。

「じゃあ、これはおいらが預かるぜ」

と、星川は壺を抱いた。そっと抱いた。

生身の身体は一度も抱けなかったが、骨になってようやく抱けた。指で壺をそっと撫《な》でるようにした。

「待ってくださいよ」

日之助は、星川を見た。不満げである。

「なんか文句あんのかよ」

「ありますよ」

「おいらの墓に入れようってんじゃないんだぜ」

「入れられちゃ困りますよ」

「別に入れてもいいんだ」

星川は、むしろそうしたい。

「だから、それは駄目ですって、星川さん。まず、そうやっておこうさんを抱いてるのが嫌なんですけど」

「抱いてるって、壺だぞ。骨だぞ」

「でも、指の感じが嫌らしいですよ」

「どこが？」

「その、中指をそっと当ててる感じが」

星川は言葉に詰まった。こいつ、けっこうわかっている、と思った。

「馬鹿か、おめえ」

「馬鹿はわかってますよ」

「殴るぜ」

「やれるもんなら」

「おいらをただのおやじだと思うなよ」

「でも、所詮《しょせん》、おやじでしょうが」

険悪になってきたところに、

「よしなよ、二人とも。昨日までは、あんなに仲がよかったくせに」

と、源蔵が割って入った。

「でも、それを持っていかれると、おこうさんを取られた気がします」

日之助もめずらしくしつこい。

「骨だろうが」

「でも……」

「あっしもわかる気がしますぜ。まだ、そこに気持ちが残っているような……」

と、源蔵も星川を見た。

「骨に気持ちなんざ残らねえよ」

「だったら、あっしらに預けてくれてもいいでしょう？」

「………」

「どうなんです、星川さん？」

と、日之助がせっついた。

「おめえらの気持ちもわかる。でも、誰かが預からなくちゃならねえ」

「まあね」

「寺も宗旨もわからないんですから」

「だったら、歳の順だ。初七日まではとりあえずおいらが預かって、そのあとはひと月ごとに持ち回りってのは？」

「それがいいでしょう」

「わたしもそれならけっこうです」

とりあえず、この話はまとまった。おこうが聞いたら、「掃除当番の持ち回りじゃあるまいし」と笑うかもしれない――星川はそう思った。

「じゃあ、おいらたちはしばらく顔を合わせねえほうがいいかもな」

「たしかに」

「お互いそのほうが」

と、三人は疲れたようすで立ち上がった。

そのとき源蔵が裏の寺のほうを指差した。

「おい、あれ」

向こうから犬が一匹やってきた。

「ももじゃねえか」

「間違いありませんよ」

と、日之助が言った。

いつも店の隅に寝そべっていた。迷い犬だったのを、一度餌《えさ》をやったらなつかれてしまったと、言っていた。おこうが出かけるときには、どこにでもついていった。

「逃げ切れたんだな」

ももは三人に近づくと、悲しげに身を寄せてきた。

「おい、あっちにもいるぜ」

源蔵は逆のほうも見た。三毛猫が歩いてくるところだった。

「なんてったっけ、この猫？」

と、星川が訊いた。

「みかんですよ」

日之助が答えた。

「へえ、こいつも助かったのか」

と、星川は呆れ、

「こいつらには悪いが、なんで犬猫が助かって、おこうさんが死んじまったんだと思うよな」

「いっしょに逝ったほうが、こいつらも幸せだったかもしれねえな」

源蔵が顔をしかめた。

「もしかしたら、こいつらを助けようとするうち、逃げられなくなったのかもしれませんね」

「おこうさんならありうるな」

と、星川はうなずいた。賢いくせに、割りに合わないことをしてしまうところがあった。

「だったら、形見みたいなもんだ。大事にしてやるか」

と、源蔵が言った。

「じゃあ、おいらは猫を預かるか」

星川はみかんの喉をくすぐるようにした。

「日之助はこれから引っ越しだろうから、あっしが犬を飼うか」

源蔵がものの頭を撫でた。

二匹は行き先が決まって安心したように、三人のわきに座り込んだ。

二

それから四日ほどして——。

日之助は吉原に来ていた。半年ぶりだった。

大門《おおもん》をくぐり、中之町をすこし行って、右へ曲がる。江戸町一丁目も奥のほう、〈姉妹楼《しまいろう》〉にあがった。姉妹で始めた見世《みせ》だそうだが、そんなのは大昔の話である。

「よう、お染《そめ》」

格子のこっちから声をかけた。

「ひさしぶりじゃないの、若旦那」

細い目がさらに細くなった。

手を引かれて二階へ。なにかをつかみたい気持ちがこみ上げてきて、日之助はお染の手をぎゅっと握った。

「言っておくが、しばらく会わないうちに、おれは若旦那じゃなくなったぜ」

「ただの旦那に？　おとっつぁんが亡くなったの？」

「そうじゃねえ。おやじはやたらと元気で、腹違いの弟も元気だ。おれは勘当されちまったというわけ」

「まあ。遊びが過ぎたのかい？」

「いや、真面目《まじめ》が過ぎたんだ」

お染は笑ったが、ほんとの話である。

ひさしぶりだが、かつてのなじみの女である。面倒な段取りははぶいて、軽くいっしょに飲み、床に入ろうとした。

「消すよ」

と、お染があんどんの火を消そうとした。廊下の灯《ひ》が上の欄間《らんま》から洩《も》れてくるから、真っ暗にはならない。

「ちょっと待って」

日之助はなんとなく部屋の中を見た。

二階建てだが天井は高い。

襖絵《ふすまえ》は遊郭にはふさわしくない竹林の七賢人である。欄間の細工は、亀と鶴が刻まれている。

おこうの店の中が浮かんだ。

立派なものはなにひとつなかったが、置き物から皿やおちょこまで、おこうの趣味が反映されていた気がする。

あの奥で火が燃えた。

本当になんだったのだろう。なぜ、あそこが火元だったのか。

不始末の火だってあんなところからは出ない。だとしたら、やっぱり元同心の星川が言っていたように付け火なのだ。

では、おこうは殺されたのか……。

「ちっ」

と、舌打ちした。

「どうしたんだい？」

お染が小さな声で訊いた。

「いや、なんでもねえ」

「おいでよ」

お染がやさしく言った。

「そうだな」

そのつもりで来た。女の肌でおこうを忘れてしまうつもりだった。上に乗った。柔らかい山。どこまでも深く埋もれていける山。大きく息をしたら、日之助は別の気持ちに気づいた。自分の大事な気持ちを裏切ってしまうような気がした。

「やっぱり、今日はやめた、気が乗らねえ」

身体から降りて、キセルに手を伸ばし、煙草に火をつけた。

「やだよ、日之さんたら。あたしはその気だったのに」

「悪いな」

その気になった花魁《おいらん》を断わるなんて、男の風上にも置けない。だが、これだけはゆずれない。

「じゃあ、飲み直そうか？」

「そうしよう」

まだ宵の口である。

遣《や》り手《て》婆《ばば》あを呼んで、酒を持ってきてもらった。

「そうだ。熊肉《くまにく》の燻製《くんせい》があったんだ」

「熊肉か」

お染は隣りの部屋から紙に包んだそれを持ってきて、膳《ぜん》の上に置いた。開けると、真っ黒い木の皮みたいなものが現われた。匂《にお》いも木のそれである。

「うまいのかい？」

「食べてごらんよ」

お染には変わったものを食べるという趣味がある。

獣から虫までなんでも食べる。魚にも変なものは多いが、それも食べる。山にも海にも奇怪な生きものたちがいる。

恐る恐る口にして、

「なかなかだ」

と、日之助は言った。固いけれど、野趣がある。噛《か》むうちに不思議な旨味《うまみ》が口に広がってくる。

「だろ」

「最初は山の猟師だっけ？　海の漁師だっけ？」

「山の猟師から鹿肉をもらったのが最初だったね」

客からもらったのだ。それがお染の変わった食いものの探訪の始まりだった。

「いま、いちばん食いたいのはなんだい？」

熊肉を齧《かじ》りながら訊いた。

「大きな声じゃ言えないんだけどさ、そりゃあ人は食ってみたいよ」

「ふうん」

「よく、男が偉そうに、女は寝てみないとわからないなんて言うだろ。あたしはそんなこと関係ないと思うけど、でも、人も食べてみると、ああ、人ってこういう生きものなのかとわかるかもしれない」

「へえ」

「あたしって、気持ち悪いかい？　別に人殺しがしたいわけじゃないんだよ」

「そんなことはわかってるよ。そうだな。いつか食えるといいな」

ほんとにお染の願いが叶《かな》うといい。いろいろ苦労してきた女なのだ。

「ねえ、日之さん」

「え？」

「もしかしたら、日之さん、女に惚れたんだね？」

「なんで？」

「惚れた女ができると、遊べない男っているよ。日之さんはそっちだ」

「…………」

「女になんか惚れちゃ駄目だよ」

と、酒を注《つ》いで寄こす。

「そうかね」

「それに、最近の若い男なんか女に惚れないんだよ」

「そうなのかい？」

「ちょこちょこ声はかけるよ。うまくいけば適当に付き合ったりもする。でも、どっぷりはのめり込まない。傷つきたくないから」

「へえ」

そうかもしれない。店の若い手代《てだい》もそんなふうだった気がする。

「楽なのよ、そのほうが」

「面白くないだろ？」

「面白い、面白くないじゃないのさ。楽か、苦しいかなのさ」

「そういうやつはそうしてればいい。おれはそんなふうな惚れ方はできねえ」

「うまくいかないのかい？」

「駄目だな。相手にされてないもの」

「ま、頑張るんだね。いまは駄目でも、女も男も周囲もいろんなことが変わってくるよ。そこで変わらずにいたものが、どこかで機会をつかむときがある。すれ違っていても、また出会う。男と女も、友だち同士も、親と子も、師と弟子も、そうそう客と花魁もね。なんだってそうだよ」

「ところが、そうでもねえのさ」

死んでしまったら、機会は永遠にやって来ない。

だが、それは言いたくなかった。

三

同じころ——。
源蔵はのれんをわけて、家の近くの一杯飲み屋を出た。
勘定は安かった。おこうの店で飲む半額にもならない。
だから、つい酒が過ぎた。
酒はいかにもの安酒。肴《さかな》はめざしと大根の漬物だけ。
あれで高かったら文句を言ってやる。
いま思うと、おこうの店はけっして安くはなかった。
それはそうで、下《くだ》りものではないがいい酒を置いていた。肴も手が込んでいた。
初めて食うような味を何度も経験させてもらった。
あれで安かったら、商売として割りに合わない。
といって、気取った店ではなかった。
うまい酒を、うまい肴でゆっくり飲んで、ほんの半刻《はんとき》（およそ一時間）ほどいて、深酒になる前にその日の疲れた心を癒《いや》す。

おこうと話せば心がなごんだ。

お愛想を言っていたわけではない。古い友だちのように話した。それほど口数は多くなかった。

ときどきは客の相手そっちのけで、投稿する川柳を練ったりしていた。筆を手に考え込むおこうのようすを横目で見ているだけでも、源蔵は楽しかった。

そういう店だった。だが、もう、消えて無くなった。

ふらふらと歩くうち、一ノ橋のわきにある寄席の前に出た。

「よう、月照堂さん」

知り合いの下足番が声をかけてきた。瓦版の芸人番付をつくるとき、ここの寄席でも何度か聞いた。月照堂と呼ばれたが、おそらくもう、その名を使うときは来ないだろう。

「寄ってていきなよ」

「面白《おもしれ》えのは出てるのかい？」

「これから出る富士家《ふじや》天辺《てっぺん》という芸人は最高に笑えるよ」

その芸人は知らなかった。この世界では、あっという間に若手が台頭してくる。

木戸銭を払って中に入った。客はいっぱいだったが、うまくいちばん前の席が空いていた。

ちょうどそいつの出番が来たところだった。

「いっぱいのお運びで……」

まだ若い芸人だった。

身体が大きく、態度はふてぶてしい。無表情のまま、客席をぐるっと見回した。

席のあちこちから、

「犬のぷるぷる」

と、声がかかった。人気の演目なのか。

「おいらは噺家《はなしか》だぜ。噺だって面白いんだぜ。でも、そんなに言われたんじゃ、やらなきゃおさまりがつかねえみてえだ」

そう言って、舞台で四つん這いになった。

身体を頭から尻までぷるぷるっと震わせた。まるで尻尾《しっぽ》があるみたいである。

たしかに犬はよくこれをやっている。身体についた水だの埃《ほこり》だのを落とすためなのか、飼いはじめたももよくやる。それを人間が真似るおかしさだろう。

客席は爆笑の渦になっている。

だが、源蔵は笑わない。というか、笑えない。

「猫の股《また》舐め」

と、また客の誰かが言った。

「そっちもかい」

富士家天辺は着物を上から裾《すそ》まで大きくはだけさせ、足を広げて座った。それから舌を出し、自分の腹から股にかけてぺろぺろと舐めた。よほど身体が柔らかいのだろう。尻のほうまで舌が届いている。

まさに猫の毛づくろいを、人間がやっている。しかも、股のあたりは、ふんどしこそつけているが、匂いを嗅《か》いでみたり、嫌な顔をしてみせるといった演出もある。

この芸でも客席は大爆笑だが、やはり源蔵は笑えない。

すぐに帰ろうかと思ったが、しばらくは我慢した。

犬と猫の芸を見て、おこうが飼っていたももとみかんを思い出した。

ももは火を見て鳴かなかったのだろうか。そんなわけはない。鳴いたけれど、おこうは気づくのが遅れたのか。

やはり、あの晩、おこうは飲みすぎてしまったのだ。

だとしたら、自分たちの責任もあったのだ。こんなところで、笑っている場合ではなかった。

星川は付け火かもしれないと言っていた。あの旦那は、ああ見えて同心のときは切れ者で鳴らしたらしい。

だとしたら……。

まだ、瓦版屋をやっていたなら、いまごろはほうぼう訊きまわっていたかもしれなかった。

ぼんやり考え込んでいるうちに、富士家天辺の芸が終わった。

天辺は、楽屋に引っ込むとき、源蔵の顔を凄《すご》い目で睨んでいった。

そのあと二人ほど聞いたが、やっぱりつまらない。

はねる前に寄席を出た。

歩き出してすぐである。後ろから足音が追ってきた。

「待ちな、おやじ」

三人組が前と後ろをはさんだ。

前に回った二人のかたわれが、富士家天辺だった。

「笑う気がねえんなら寄席に来るなよ。おれたちは必死でやってんだ。現に、ほかの客は大笑いしてんだろうが」

「そういうのも笑わせるのが商売だろ」

「馬鹿言うなよ。楽しみたい、笑いたいって思ってる人たち相手だからできるんだ。なんの希望もねえ、なかば死んだようなやつは、どうやったって笑わせることはできねえんだよ」

「…………」

そうかもしれなかった。こいつの言うほうがおそらく正しいのだ。

「それを白っちゃけた顔でじいっと見つめやがって。傷つくんだよ。こっちは、おめえみてえに順番つけたり批評したりしてりゃあいいわけじゃねえ。死にもの狂いなんだ。おれたちゃ売れるのも早いが、消えるのも早いんだぜ」

目に涙があった。源蔵が番付をつくったりすることは知っているらしかった。

謝ろうかと思ったとき、

「喧嘩売ってんのかい」

胸倉をつかまれた。

「そんな気はねえがな」

と、源蔵は答えた。

「おめえ、瓦版が出せねえらしいな」

と、わきから名前の知らない芸人が言った。

「そうなのか?」

天辺がそいつのほうを見て、訊いた。

「ああ。もう、こいつに書かれるのを恐れる必要はねえのさ」

「なんだ、そうかよ」

と、後ろの若いやつから尻を蹴《け》られてカッとなった。

「この野郎」

蹴ったやつに殴りかかった。

力にはいまも自信がある。だが、最後に取っ組み合いをしてから五年以上経っている。動きのほうがだいぶ鈍くなっていたらしい。

軽くこぶしをかわされると、顔を一発、腹を二発殴られ、天辺からは背中を蹴られ、さっき飲み食いしたものを全部吐いた。

「うわっ、汚《き》ったねえおやじだぜ」

富士家天辺たちは、地面に這いつくばった源蔵にはもう触るのも嫌だというように立ち去った。

吐かなければ、まだまだ殴られていたに違いなかった。

四

その翌日である――。

やたらと色っぽい女が店の外まで星川勢七郎を送ってきて、

「旦那。また、いらしてね」

耳元でささやいた。

――もう、来ねえよ。

とは、胸のうちで言った。わざとらしい愛想。思わせぶりなしぐさ。下手《へた》な田舎《いなか》芝居さながらだった。肩にこすりつけられた安い髪油の匂いを、早く洗い落としたかった。

だが、あの女だって一生懸命なのだろう。客が知らないところで男に貢ぎ、あるいは老いた父親を食べさせていたりするのだ。亭主の稼ぎで食えている女には、憎まれたり蔑《さげす》まれたりしながら。

それがわかっていても、二度と来たくなかった。

ほとんど酔えずに、しばらく歩いて、新堀川のふちに出た。

川べりにたたずんで、暗い川を見下ろす。かすかな明かりの反射を見ると、いつもより水の量は多いらしい。声のような水音がしていた。

おこうが死んでまだ五日。心は茫然《ぼうぜん》自失《じしつ》からやや進んだ。いまは悲嘆とせつなさで塗りつぶされている。

――どれくらいで忘れることができるだろう？

五十何年も生きてきたら、人の想いなんてそうそう長つづきしないことくらいわかっている。それは他人の言動にも見てきたし、自分の心にもうんざりするくらい覚えがあった。

——だからこそ、あの人のことを忘れたくねえ。

忘れないまま、死にたいのだ。これを最後の恋にしたいのだ。

もしかしたら恋心というやつは——終わりのある命の中で、永遠を釣りあげようとする幻の釣り針みたいなものなのかもしれなかった。

供養。

という言葉が浮かんだ。

生きている者が死者に対してできること。

それはなんだろう。

赤い提灯《ちょうちん》がまぶたの裏に現われた。

思いは一年ほど前に飛んだ。

星川勢七郎は、隠居する前の数年は検死の役を担当していた。この役は経験豊富なものでないとできないため、五十過ぎの同心が担当することが多い。

殺しがあると現場に行かされる嫌な仕事だった。嫌な思いを最後にさせて、早く隠居させてしまおうという、上の連中の魂胆なのかもしれなかった。

その前の五年ほどは、定町回《じょうまちまわ》りとして芝から飯倉、麻布、三田、高輪《たかなわ》といったあたりを担当した。このあたりはのべつ歩きまわっていたところである。

おこうの店は、前の団子屋のときによく行っていた。

近くで殺しがあって、ひさしぶりに麻布に来たとき、飲み屋になっていた。どうせ前の家族がやっているのだろうと思ってのれんをくぐった。それが最初だった。

「あら、いらっしゃい」

と言ったときのおこうの表情もよく覚えている。客商売っぽい笑みはなかった。

あら、と驚いたのは同心の恰好《かっこう》だったからだろう。

以来、気に入って通うようになった。

赤い提灯。

まぶたの裏で揺れている。

——もう一度、あの店をやれないか……。

そんな考えが浮かんだ。

おこうが微笑んだ気がした。

──ん？

そんな夢想を後ろの声が破った。

「早く入れ」

しゃがみ込んでいたので、首を伸ばして、声がしたほうを見た。三人があたりを見回し、中の男に手招きされて、こそこそと中に入った。妙な気配である。もしかしたら押し込みかもしれなかった。

この店はよく知っていた。できたのはそう昔ではない。

反物屋だが、変な柄物を専門に扱っている。

こんなもの絶対に売れないだろうという品しかない。柄がしおれた花だったり、猫の尻尾だったり、とぐろを巻いた蛇だったりする。

いわゆる流行りものとは正反対である。

ところが江戸には変わったやつがいて、こうしたほかに誰も着ていない柄というのを欲しがったりする。

だから、普通の店の何倍もする反物がよく売れていた。

あるじのことも星川は知っている。奇抜な柄を売るくせに、自分は女が喜ぶようなこじゃれた柄しか着ない男だった。てめえのところで売る物を買うやつを、腹の底で馬鹿にしているのだ。自分が着たいものを一生懸命売るのが、商売の本筋ではないのか。

入っていった連中はなかなか出てこない。

騒ぎ声もしない。

おそらく中の男が手引きをし、仲間を入れて盗ませたうえで、自分も縛られるという手順だろう。

人死《ひとじ》には、たぶん出ない。

星川が定町回りのころ、何度か経験した手口だった。

——やらせておくか。

と、星川は思った。何もする気がしない。

これが現役の同心なら許されないが、もう隠居した身である。あざとい商売で儲けている男が、自分のところの手代に足をすくわれ、何百両だかを盗《と》られるだけの話だろう。逆に、騒げば怪我人《けがにん》や死人が出たりするものなのだ。

そんなことより、おこうの店の火事のことが気になる。

なんで、火元が店のいちばん奥だったのか。

付け火でなかったら何なのか。客のほうにも瀬戸物の火鉢が置いてあった。だが、もっと入口寄りだったたし、自分たちが出たときには、火はついてなかったはずである。

考え込んでいると、後ろで声がした。

入っていった三人が出てきたのだ。千両箱ほど大きくはないが、手文庫のようなものを抱えている。それと、反物の束を風呂敷に包んでそれぞれ一つずつ持っていた。

「きつく縛りすぎたかな」

「いいんだよ、でなきゃ疑われるぞ」

「楽な盗みだったな」

やはり想像したとおりだった。

予想と違ったのは、こっちの川のほうへ降りてきたことだった。

「げっ」

と、一人が声をあげた。

「あ、こんなところに人がいやがった」

「月明かりで顔を見られたぜ」

「しかも、話も聞いてるぞ」

三人は懐《ふところ》から刃物を出した。

星川はゆっくり立ち上がった。

「おい、やめとけ。見逃してやろうと思ってたんだ」

と言いながら、いちおう鯉口《こいぐち》を切る。

「そうはいくか。どうせ、明日になったら、町方の連中にぺらぺらしゃべってやがんだ」

真ん中の男が突きかかってきたので、刀を抜いた。居合いの要領で、先頭の男の鼻面をかすめてやる。

若いときは門弟二百人の一刀流立花岩五郎《たちばないわごろう》道場の筆頭剣士だった腕である。

「うわっ」

たちまち逃げ腰になった。

星川は峰を返し、あっという間に三人を叩きのめしていた。

五

おこうの初七日を迎えた——。

昼過ぎから、三人はぼちぼちと焼け跡に集まりだしていた。

まだ燃えそうな木は湯屋の外回りが拾い集めていったのだろう。柱はまったくなくなっていた。そのほかもいろいろと漁《あさ》られたに違いない。焼け残りの瀬戸物から金物、あげくは沢庵石《たくあんいし》に至るまで。

炭と灰の大地からは、もう雑草の小さな緑がぽつぽつと見えてきていた。人の心と比べて、焼け跡は逞《たくま》しかった。

三人がそろったところで、しばらく並んで手を合わせたあと、

「なにしてたんだ、この七日ほどは？」

と、星川が訊いた。

「わたしは引っ越しました。このすぐ近くの長屋です」

日之助が答えた。

「……あ、それと吉原にも」

「楽しめたかい？」

「いや」

日之助は斜めの笑みを浮かべて、首を横に振った。

「源蔵は、飲みに行ったんだろ？」

「行ったけど、駄目ですね」

「駄目って？」

「心が安らがねえ。あげくは、つまらねえ喧嘩でこのざまですよ」

顔を指差した。右頬《みぎほお》のところが青黒く痣《あざ》になっていた。

「つくづくおこうさんのところが居心地がよかったと思いますぜ」

源蔵はそう言って、しゃがみ込んだ。

「どこがよかったんでしょうね」

と、日之助が言った。

「そりゃあ、おこうさんの人柄だろう」

「人柄ももちろんそうですが、それが店のあちこちに染みついていたでしょう。あれもよかったんですよ」

「あっしらだけかな」

「いや、ほかにも常連はいましたよ。ただ、ほとんど毎日来てたのは、わたしたち三人でしたね」

源蔵と日之助のやりとりを聞いていた星川が、

「おいらはまだ信じられねえんだよ」

と、怒ったように言った。

「わたしは、行くところがなくなっちまった気分です」

日之助は腫《は》れぼったい目をしばたきながら言った。

「行くところなんてもんじゃねえ。あっしは、生きる意味そのものが消えたみたいです」

源蔵が、出てきた雑草の芽をつまむようにしながら言った。

「大丈夫だよ、源蔵は」

と、星川が言った。

「なにが大丈夫なんで？」

「おめえは、あとひと月もしたらちゃんと立ち直って、次の飲み屋に通ってるよ」

「どういう意味ですかい？」

源蔵の顔が険悪なものになってきた。

「おめえは逞しいもの」

「なんだかあっしは薄情だと言われてるみてえだ」

「そんなことはねえ。そのほうがいいんだ。いつまでも亡くなった者に心を囚《とら》われていることはねえ。忘れられずにいるのは、おいらだけでいい」

「悪いが、星川さんより、あっしのほうが本気でしたぜ」

「そりゃあねえって、源蔵」

「なんで人の気持ちがわかるんですか」

「おいらよりおこうさんに惚れられるやつがいるわけねえからだよ」

「笑わせてくれますね」

「なんだと」

「喧嘩なら相手になりますぜ」

源蔵は立ち上がった。右の頬の痣が顔じゅうに広がろうが、どうでもいい気がした。

「ねえ、お二方、馬鹿みたいな喧嘩は、なしにしましょうよ。おこうさんはもう死んでしまったんですよ」

と、日之助が苦笑いしながら言った。

星川と源蔵は、顔を見合わせた。

もともとは気の合ういい飲み友だちだったのである。

「ほんとだな」

「おこうさんに笑われますぜ」

しょうがない人たちねって、いま、その言葉が聞けたらどんなに幸せだろうと、源蔵は思った。


坂の下から見覚えのある男がやって来た。

十手《じって》で首筋あたりを叩きながら、のったりした足取りである。よそのほうを見たりするのもわざとらしい。

星川は顔をしかめ、睨みつけるようにした。ここらを縄張りにしている岡っ引きの茂平《もへい》だった。定町回りのころから、こいつとは気が合わなかった。もちろん、岡っ引きが同心に盾突くわけはないが、言葉の端々に慇懃無礼《いんぎんぶれい》の気配があった。

綽名《あだな》は、へちまの茂平。だが、別に顔がへちまのように長いわけではない。むしろ丸顔だった。

「これはこれは、星川の旦那。そうか、ここの店の常連だったんですね」

と、声をかけてきた。

「まあな」

「残念なことでしたね」

気のない言い方だった。

「おめえ、しっかり調べろよ」

と、星川が言った。

「そりゃあ、もちろんでさあ」

「付け火かもしれねえぜ」

「付け火？　そりゃあねえでしょう」

と、茂平は鼻でかるく笑った。

「おめえはおこうさんのことを知らねえんだ。あの人は火の始末を怠《おこた》るようなだらしねえところはなかったんだよ」

「旦那。そいつはわかりませんよ。誰にも失敗はありますし」

「………」

「おこうの男の不始末かもしれねえし」

と、そっぽを向いて言った。

「え？」

「男？」

「なに？」

いきなり三人の顔色が変わった。

「あれ、知らなかったんで？」

「いい加減なことを言うなよ」

「星川さま。あっしはこの目で見たんですぜ。おこうが夜中にそっと、男を入れるところを」

「………」

「ただし、そう長くはいなかったので、ことに及んだわけではねえでしょうが」

「………」

三人ともほっとしたような顔をした。

「どんな男だった？」

と、源蔵がわきから訊いた。

「歳は三十半ばってところでしょうか」

「三十半ば……」

星川と源蔵が日之助を見た。

「残念だが、あたしじゃありません」

日之助は苦笑した。

「眉の長い、夜目にもいい男でした」

「いい男？」

「ええ。こちらとはまるで違う感じでした」

と、日之助を見て、笑った。

「おい、笑いながら話すのはよせ」

と、星川が茂平に言った。

「え？」

「その、にたにた笑いながら話すのはやめろってんだよ」

かなり怒っている。

「星川さん」

日之助が心配そうに星川を見た。

茂平は笑いを引っ込めると、

「ところで、旦那たちは死んだおこうのことをどれくらいご存じなので？」

そう訊かれて、三人は、

「え？」

と、顔を見合わせた。

「さっき、あっしがよく知らねえとおっしゃいましたが、おこうの生まれはどこですか？　いままで何をしてきたんです？」

「おこうさんは、一年半くらい前にここへ店を出したんだよ」

すぐに常連になったわけではない。星川は半年ほどしてから、次に源蔵が来はじめて、日之助は通いだしてまだ三月《みつき》ほどだった。

「それはあっしもわかってますよ」

「それで、ここに来る前は深川にいたんだ」

「だが、深川生まれとは言ってなかったな」

と、源蔵が言った。

「ああ、聞いてねえな」

ということは、はっきりしない話である。

「料理がうまくて」

と、日之助が言った。

「聞き上手で」

源蔵がつづけた。

「うなずきながら笑う癖があって」

日之助がまた言った。

「犬とか猫とか、鳥なんかも。生きものが好きだったな」

と、星川が言った。

「犬とはときどき話をしてましたよ」

日之助が笑った。

「変な虫にも興味があったりして、油虫《あぶらむし》なんか見たってキャアキャア騒いだりしなかったね」

源蔵が思い出した。

「とにかく、いい女だったんだ」

星川がそう言うと、源蔵と日之助もうなずいた。

そこまで聞いていて、岡っ引きの茂平は、

「どうも、あっしと同じく、旦那たちもあまりご存じじゃなかったみたいですね」

笑わずにそう言って、坂の上の一本松のほうへ歩いていった。

「気に入らねえ野郎だぜ」

茂平を見送って、星川が言った。

「どうなることかと、はらはらしましたよ」

「ああいうのは、陰険な仕返しをしてきますぜ。星川さんの気持ちもわかりますがね」

源蔵が心配そうに言った。

「へっ」

星川は笑ったが、元同心と地元の岡っ引きの喧嘩は、嫌なふうにこじれることがたまにあったりする。

「おこうさんのことを、ほかにも知っていそうな口ぶりでしたね」

と、源蔵が言った。

「ああ」

「星川さん、男のことを言われて怒ったんでしょ?」

「それもある」

「いい男だったたって」

「どういう関係かわからないけど、なんか、がっかりしたな」

と、星川は苦笑いした。

「おこうさんは、いい男ってのは見た目じゃわからないって言ってましたよ。それを聞いたとき嬉しかったんですがね。いろんなことを一生懸命やってやろうって気になったものです」

日之助が言った。

「おいらたちに対するお愛想かな」

「そんなお愛想をおこうさんが言いますかね」

「得意客を三人つなぎ止めるためなら言うかもしれねえよ」

源蔵がふてくされた調子で言った。

「ふうん」

日之助はうつむいた。

三人は、しばらく無言のまま、立ち尽くした。

もう、おこうに真偽を確かめることもできない。

「ねえ、星川さんに、源蔵さん。こんなところで立ち話ってのもなんだし、場所を移しませんか」

「そうするか」

星川がうなずき、三人で坂を下りはじめた。

六

元気がないときは、下り坂も疲れるらしく、三人はたらたらと歩いた。

「どこでもいいぜ」

坂を下りきったところに甘味屋があった。

「入りますか」

日之助が先に中に入り、星川と源蔵がつづいた。

三十くらいの女たちが四人で汁粉を食っていた。凄い勢いで悪口を語り合っている。どうも浮気をした亭主たちの悪口らしい。「早く死んでくれたらいいんだけど」などという声もした。ほんとに死んでも泣きはしないような剣幕だった。

できるだけ離れて座った。

「汁粉はちょっとな」

「甘酒を」

と、源蔵が先に頼んだ。

「おいらもそれで」

「わたしはところてんを」

やっぱり酒がないと三人とも落ち着かない。

「ずっと気になってたんだよ」

と、星川が言った。

「なにがですか？」

源蔵が訊いた。

「火が出た場所のことだよ」

「ああ」

「付け火にしちゃあ、たしかに変だ。ただ、犬は吠《ほ》えなかったのかね。あの犬は、調理するので火は見慣れていただろう。だが、戸口あたりに怪しいやつが立ったら、ずいぶん吠えたはずだぜ。ところが、おこうさんはおそらく出火に気づくのが遅れた。それも不思議なんだ」

「それですがね、星川さん。ももをかまってて思ったんだが、犬ってやつはやっぱり餌に弱いですぜ」

「だろうな」

「もしかしたら、付け火の野郎は前もって手なずけていたかも」

「だったら、客で来てたってことか？　顔なじみだったってか？」

「たぶん」

客に食いものをねだったりしない犬だったが、与えれば食べただろう。

「やっぱり、付け火ですよね」

と、日之助が言った。

「あんたも、そう思うかい？」

「さんざん考えたけど、そうとしか思えませんよ」

「でも、出火は店の奥だぜ」

と、源蔵が言った。

「奥のほうでも、火を付けるのは難しくありませんよ」

「ほう。どうやって？」

星川が訊いた。

「戸口のわきの障子が破れていたっていいましたよね。たとえば、そこから油にひたした紙を丸めて、奥まで投げ込むんです」

「なるほど。火は？」

「たどんでも炭火でも投げればいい。皮かなんかで包めば、投げるくらいはできますよ」

「ほんとだ」

と、源蔵は手を叩いた。

「日之さんも只者《ただもの》じゃねえよな」

星川は言った。

「え」

日之助はぎょっとしたような顔をした。

「そんな気のまわり方はなかなかできねえものだ。十手でも持たせたいくらいだ」

「ご冗談を」

と、日之助は笑った。

「ただ、まだわからねえことがある」

と、星川は言った。

「なんですかい？」

源蔵が訊いた。

「外から付け火をしなかったのはわかるわな」

「ええ。見られねえとも限らねえし」

源蔵がうなずき、

「それにかならず付け火を疑われますよ」

日之助が言った。

大罪である。町方だけでなく、火付け盗賊改めという町方より荒っぽいほうも出《で》張《ば》ってくる。

「だから、中から火が出るようにした」

「ああ」

「しかも、わざわざいちばん遠くから出火させた」

「ええ」

「店の奥だったら逃げ道をふさぐわけじゃねえ。逆にわざわざ逃げやすくしてやったわけだ」

「てえことは？」

と、源蔵が訊いた。

「殺そうとかいう気はなかったんですね」

と、日之助が言った。

「たぶんな」

星川はうなずいた。

じっさい、半鐘の音を聞き、店に駆けつけるまで、おこうは生きていたのだ。

逃げる時間もあったに違いない。

煙に巻かれることはあるが、犬も猫も助かっている。

「なんだったのですかね？」

「脅しかな？」

と、源蔵が言った。

「脅しかもしれねえ。だが、いままでおこうさんが脅されているような気配があったか？」

「どうですかねえ。いままで考えたこともなかったのでね」

源蔵は首をひねった。

「わたしもです。そんなことは思ってもみませんでした」

と、日之助が言った。

「それに、おこうさんを脅してもそう金も取れねえだろうし」

「じゃあ、なんなんですか、星川さん？」

源蔵が訊いた。

「それをいちばん考えたのさ。もしかしたら、さあ、火事だってときに、なにを持ち出すかを見極めようとしたんじゃねえかな」

「持ち出す？　なにを？」

「それはわからねえ」

「おこうさんが秘密にしていた？」

「おめえら、階段の上に行ったことがあったかい？」

と、星川が訊いた。

「いや、ないですね」

「わたしもありません」

「誰もないのか……」

三人はしばらく黙り込んだ。

そのあいだも、四人の女たちがしゃべりつづけている。その声が聞こえていた。

「男なんか、所詮、女の気持ちはわからないのよ」

「じゃあ、女は男の気持ちがわかってる？」

「でも、子どもでしょ、男なんて」

「子ども、子ども」

日之助と女の一人の目が合った。

こっちの男三人が黙りこくっているのに気づいたらしく、顔を寄せ合って笑い、ようやく声を低くした。

「二階に何か大事なものがあったんだろうな」

と、星川が言った。

「あそこがおこうさんの心の奥だったのかい？」

「もしあったとしても、焼けてしまったんでしょうね」

また、言葉がなくなった。

甘酒やところてんのおかわりもする気になれず、三人は店の外に出た。

誰が向かったわけでもなく、自然と坂を上っておこうの店があったところにもどってきた。

「どうしましょうかね、あっしらは、これから？」

と、途方に暮れたように源蔵が言った。

「おこうさんは、ずっとやるつもりだったのかね」

星川がぼんやり遠くを見ながら言った。

「なにをですか？」

「店だよ」

「そりゃあそうでしょう」

「いい人が見つかるまでとか、そんなことは聞いたことはなかったよな」

「そういえば、洗い場のところを直したときがありましたよね」

と、日之助が言った。

「ああ、あったな」

と、星川はうなずいた。

「あのとき、かがんで皿を洗ってると、歳とってきたら、腰が曲がっちゃうんだって、だから直しておくのよって」

「おこうさんはそう言ったのか？」

「言ってましたよ」

「じゃあ、ずっとやるつもりだったんだよ」

と、星川が言った。やはり、おこうはあの飲み屋に、夢をかけていたのだ。

「そう。ずっとやるつもりだったんですよ」

源蔵は、足元の焼け跡の土を足先で掻《か》くようにした。おこうの夢のかけらが落ちているような気がした。

「この坂道の飲み屋をね」

日之助は坂道を上ってくる自分が見える気がした。

「だとしたら、この先、おいらたちはどれほど通ったのだろう」

「でも、もう消えちまった」

「坂道の先は断崖《だんがい》だったみたいですね」

陽が沈むまでにはまだ時間があるが、背中に丘を抱いたこの坂道は、すこし翳《かげ》りを帯びてきていた。風景全体が色を無くし、寂しげに見えている。冷たい風が吹いてきて、だいぶすくなくなった灰を宙に舞わせた。

そんな周囲に立ち向かうように背を伸ばして、

「こういうのはどうだ。おいらたち三人で金を出し合って、ここに店をつくるんだ」

と、星川が言った。

「店を?」

源蔵が怪訝《けげん》そうな顔をした。

「中もできるだけ、前と似たようなものにする」

「へえ」

「未練がましいかね?」

いまは勢いで決心しても、あとでそんな思いが出てくるかもしれない。男らしくない、武士らしくないと。

「星川さん。未練がましくてなにが悪いんですか。心を引きずらねえやつのほうが、おかしいでしょうが」

源蔵が助け舟を出すような調子で言った。

「飲み屋のあるじになるんですか？」

と、日之助が訊いた。

「いや、あるじとはいっても、表に出るつもりはない。いわば、家主みたいなもので、大家である女将《おかみ》は別に置く」

「女将を？」

日之助が目を瞠《みは》った。

「おこうさんのかわりの女将を？」

源蔵は非難がましく訊いた。

「おこうさんのかわりになれる女はいねえよ」

と、星川は言った。

「そうですよ」

「女将じゃなくてもいい。料理人をあるじにしてもいい」

「おこうさんの店をあっしらが引き継ぐってわけですか」

源蔵は何度もうなずいた。

「自分たちは、資金こそ出すが、客として通いつめるわけだ」

「悪くないですね」

「資金はどれぐらいいるだろう？」

と、星川が言った。

「そうですね。家作《かさく》ごとわたしたちのものにするなら、五十両もあれば。それくらいなら、わたしがなんとか」

と、日之助が言った。勘当されても、三人のうちではいちばん懐が豊かである。

「馬鹿言うなよ。おいらは三人で割っても大丈夫だ」

「あっしもそれくらいなら」

「店の名前は？」

と、日之助が訊いた。

「前の店に名前なんかあったっけな？」

「ないですよ。提灯に酒と書いてあっただけ」

と、源蔵が言った。

ほかの飲み屋もたいがいそんなものである。

「じゃあ、とりあえず名前もなくていいだろう」

「そうですね。いつか決めるときもあるかもしれねえしね」

「おこうさん、喜んでくれると思いますよ」

三人の顔に、ほんのすこし、眉毛《まゆげ》の先っぽくらいだけ、生気が蘇《よみがえ》ったように見えた。

第二章　釜三郎

一

「ここで、おこうさんが暮らしてたんだ」

と、源蔵が日之助に自慢げに言った。

二階の六畳間。それに、階段の部分と半畳分の押し入れ。長屋には四畳半に台所だけというところも多いから、比べればましだが、それでもわずかな空間である。

家はもう、ほとんど完成していた。あとは、外の厠を完成させるくらいで、明日中にはすべて終わるだろう。

元の家主と交渉し、この場所を使うことは金で話をつけた。同時に、大工に頼んで着工した。十坪足らずの家で、しかも一階はすべて土間だから、人手さえ多めに出してもらえば、できるのはあっという間である。

昨日などは、大工に左官、屋根屋に畳屋が勢ぞろいしていた。

「つくりは、まるっきり同じなんですか？」

と、日之助が疑わしそうに訊いた。

「同じだよ。ちゃんと大家に確かめたんだから」

「そうなんですか」

日之助は感慨深げに柱を撫でた。

「焼け跡で見たら、このへんに小さなタンスがあったみたいだな」

と、源蔵が窓のわきを指差した。

「へえ」

「そのタンスにでも、なにか大事なやつを入れておいたのかな」

「星川さんの説を支持するんですね？」

星川勢七郎はまだ来ていない。火事のことで、しつこくいろいろと訊きまわっているのだ。

だが、星川がなにを言おうが、やはりおこうの失火ということで片がつきそうだった。

岡っ引きの茂平も、あんなものは失火に決まっていると言ってまわっているらしい。

しかも、火事があったときの奉行所の当番は星川がいた北ではなく南のほうで、このあたりをまわっている同心とは以前、喧嘩をしたことがあったりして、あまり強くは言いにくいらしい。

源蔵も日之助も失火はありえないと思っている。ただ、奥に火をつけたのは、なにかを持ち出させるためというあたりは、断定できないのではないか。

「支持するってほどでもねえんだがな」

「でも、そこまでして欲しかったら、おこうさんを脅して取り上げるとか、いないあいだを狙《ねら》って家探しをするとか、しなかったのですかね？」

と、日之助は言った。

「そうなんだよ。おれなんざ、何度もヤクザに追っかけられたけど、あいつらはもっとかんたんなもんだぜ。刃物突き出して、出せと。いいから出せと。そんな、わざわざ火事を出して、持って逃げるところを見張るなんてまどろっこしいことはしねえよ」

「ヤクザとかならそうでしょう。でも、おこうさんがヤクザと関《かか》わって、なにかを狙われるなんてことがありますかね」

「ねえよな」

「わたしにはさっぱりわかりませんよ」

「おれもそこらはずいぶん考えてみたのさ」

そう言って、源蔵は部屋の隅に座り込み、木の香りがする柱に背をもたせかけた。

「いいか。こういうこともある。つまり、そのなにかを狙っているほうも、お上品な連中だったりするかもしれねえのさ」

「どういうんです？」

「たとえば、おこうさんの先祖が生け花の家元かなんかで、代々その秘伝の書を伝えられてきた。それを狙う者といったら、おっほっほなんて笑う連中ばっかりだ。ヤクザなんて荒っぽい手段は持ち出さねえ」

「生け花をする女が、たどんを投げて付け火をしますかね？」

「だから、生け花はたとえだって。上品なものはほかにもいろいろあらぁな」

「なるほど」

と、日之助は感心した。

「さすがに源蔵さんは長年、瓦版をつくってきただけあって、なんというか物の見方が柔軟ですよね」

「それがおれの取り柄なんだよ」

源蔵はにやりと笑った。だが、取り柄が欠点になることも知っている。世の中を見る目が冷笑的になり、皮肉が多くなって、人からは嫌われる。

「岡っ引きの茂平が見た男というのも気になりますよね」

「そうなんだよ」

と、源蔵は顔をしかめた。

ただ、三人であのあともその男について話し合ったが、おこうの男というのは考えられない、兄弟とか親戚ではないかというあたりで、自分たちを納得させていた。ただし、それはずいぶんと希望の混じった推測だった。

「でも、ここに同じような店を構えていれば、そのうち兄弟や親戚が訪ねてくるといったことも期待できますよ」

「おれもそう思う」

「そういう意味でも店を決意してよかったですね」

「まあな。ただ、真相をつかむのは容易なことじゃねえだろうな」

そう言って、源蔵は懐から煙草入れを取り出し、煙草を吸いたそうにした。だが、ここには火鉢がなく、火がつけられない。

「おこうさんの身元なども探らないと」

「大家は一目で人柄を信用し、身元のことはろくろく聞いていやがらねえしな」

「わたしたちがやれることはないですか？」

「そりゃあ、そのうち出てくるだろう」

日之助が苛々《いらいら》してしまうくらい、源蔵はのんびりした口調で言った。

だが、たしかに焦っても、おこうが生き返るわけではない。

「やっぱり、どうにかして火事の真相をつかみたいですよね」

日之助はそう言って、窓から顔を出した。

北向きの家で陽当たりはよくない。西に傾いた陽が斜めに差してくるくらいである。

裏手にも小さな窓はあるが、寺の樹木が視界をふさいでいる。

だが、高台にあるので北向きの窓の景色はいい。

真ん前は大名屋敷と寺だが、緑が多い。桟《さん》につかまって身を乗り出すようにすれば、右手に麻布の下町一帯と新堀川の流れ、その下流にある広大な増上寺《ぞうじょうじ》なども見渡せる。

今日は天気がいい。

墓参りの人たちもたくさん前の坂道を通っていく。

そのようすを見ながら、

「ねえ、源蔵さん。そろそろ料理人も探さないといけませんね」

「そうなんだ。星川さんはそういうことにはまったく無頓着《むとんちゃく》だ。おれたちがやらないと進まないぜ」

「貼り紙でもしますか？　料理人求むって」

「それもいいな」

「今日あたりは見る人も多いですよ」

「よし、じゃあさっそくつくるとしよう」

源蔵は立ち上がった。

階下には筆や紙なども持ってきている。

元瓦版屋である。そういうことはお手のものなのだ。

「でも、問い合わせが来たりするから、誰かがここにいないと話は進まねえぜ」

「じゃあ、わたしが店番をしてますよ」

と、日之助も源蔵につづいて狭い階段を降りた。


星川勢七郎は、麻布永坂の清八《せいはち》の家に来ていた。

清八は、麻布から芝にかけて顔が利く岡っ引きである。

定町回りのときはずいぶんいっしょに歩きまわった。

一度は、押し込みの下手人たち五人ほどを二人だけで追いつめ、乱闘の末に捕縛したこともある。もう二十年ほど前になる。

「ここんとこ清八親分を見かけねえって、日《ひ》ケ窪《がくぼ》町の番屋じゃ言ってたぜ」

日ケ窪町とは鳥居坂下あたりの町である。

「へえ。そうなんでさあ」

「まだ十手は返しちゃいねえんだろ」

「でも、ここんとこ身体の具合がよくねえんで」

「老け込む歳じゃねえだろうよ」

と、星川は慰めるように言った。

星川より三つ四つ年下なのである。だが、たしかに顔色はよくない。

清八は一時ずいぶん酒を飲んでいた。明け方まで二人で二升近く飲み、そのときは星川が先に酔いつぶれた。

酒のために肝ノ臓をやられた男を何人か知っているが、いまや清八も同じような顔色である。沼の上の闇のように、不気味にどす黒い。

清八の女房は早くに死んだ。止める者がいなかった。だが、止めても無駄だったかもしれない。つらくて飲む酒は、止めれば止めるほど飲んだりもする。

もっと注意してやれていたらよかったが、人のことを言えた義理ではない——と、星川は思った。

「ええ、あっしも紅蜘蛛《べにくも》小僧をお縄にするまではと思ってるんですがね」

「紅蜘蛛小僧ね」

半年ほど前、芝界隈《かいわい》でいくつか盗みを働いた。金が目的の盗人《ぬすっと》ではない。隣りに金が入った手文庫があるにもかかわらず、棚に飾った小さな布袋《ほてい》の置き物を盗んでいった。

盗人というより、忍び込むことが目的ではないか——そんなふうに推測する者もいるくらいだった。

ただ、紅蜘蛛小僧が芝界隈を荒らしはじめたのは、星川が検死役に移ってからだったため、直接には追いかけたことはなかった。

「いやあ、旦那みたいに元気なのはうらやましい」

「うらやましいことなんかねえよ」

心が落ち込んでいるのに身体だけは元気だと、町に出てしまったイノシシみたいに、つい誰かに突っかかりたくなる。

「シジミ汁とかは飲んでるかい？」

と、星川は訊いた。肝ノ臓にいいと聞いている。

「ああ、たまにですが」

「月見そばもいいらしいぜ」

「そりゃあ、初耳です」

ほかにも身体によさそうな食いものを考えたが、あまり思いつかない。もっとも、清八に勧めるものは自分も食べたほうがいい。

「ところで一本松町の火事のことは聞いてるかい？」

「いや、とくには。なにかありましたか？」

「うむ。失火ということで調べも終わりそうなんだが、どうも、おいらには付け火に思えてならねえのさ」

「付け火？」

「うん。じつはさ……」

と、星川が抱いている疑惑を説明した。

「へえ……」

「だが、あそこらを縄張りにしている茂平ってのは、鼻でせせら笑いやがって、ちっとも本気で取り組もうとはしねえのさ」

「ああ、へちまの茂平ですね」

　と、清八は苦笑いした。

「嫌な野郎だろ？」

「ええ。あっしも嫌いです」

　嫌いなもので気が合うのは、好きなもので合うよりも嬉しい。仲間ではおさまらず、結社でもつくりたくなるのはそれだ。

「あいつ、へちまに似ているふうでもねえのに、なんでへちまなんだろうな」

「洒落《しゃれ》ですよ、ぶら下がって生きてるって」

「ぶら下がってる？」

「ええ、誰だかお城の偉い人に気に入られてるんだとか」

「そうなのか」

　世の中には、綽名をつけるのがうまいやつがいる。他人にはたくさん綽名をつけ、自分は名もなく終わったりする。

　たしかに言われてみれば、茂平にはそんな匂いがする。

　後ろ盾のいるやつの強気。

　むかつくが、自分だって長年そんなふうに思われてきたのだ。お上の威光を笠《かさ》に着た木っ端《こっぱ》役人と。

「岡っ引きをぶら下げるお城の偉いのって誰だろう？」

岡っ引きはむろん、役人でもなんでもない。町方のいちばん下の、そのまた下にいる。上にさかのぼれば、奉行所でいちばん偉いのは奉行である。

だが、お奉行の上がお城にいる。それは、老中だったか、あるいは若年寄《わかどしより》だったか。なにせ、同心などというのもずっと下っ端の役人で、そんな上のことなどは知らない。

「手伝いましょうか？」

と、清八が言った。

じつはその言葉を待っていた。やはり、町人たちの話は、岡っ引きのほうがはるかにうまく聞き出せるのだ。

いくら現役を引退したといっても、元同心に対しては遠慮がある。胸襟《きょうきん》を開いてはくれない。それとも、同心よりも岡っ引きに話したほうが、罪が軽くなるとでも思っているのだろうか。

もっと早く頼みに来たかったが、具合が悪いと聞いていたので遠慮していたのである。

「やってくれるかい？」

「星川さまの頼みだもの」

「無理しねえ程度で」

「なあに大丈夫ですよ」

「じつは、その焼けた店を再建させたんだ」

「旦那が？」

「おいらとあと二人の仲間でな」

「へえ。今度は飲み屋のおやじですかい？」

「意外に似合うもんだぜ。只酒も飲めるし」

「あっはっは」

「だから、報告はそっちに来てくれたほうがいい」

「わかりました」

「じゃ、おいらもその紅蜘蛛小僧って野郎の捕縛を手伝うぜ」

と、星川は約束した。

二

「ちょいと、すみませんね」

外から声がかかった。

貼り紙を見て、中にいる日之助に声をかけたのだ。

「はい。ただいま」

眺めていた洒落本を置いて、日之助は入口のところまで行った。これで三人目である。ほぼ半刻で三人。やはり今日は人通りが多い。鯛《たい》を釣りに行っても、こんなには釣れない。

だが、立っていた者を見て、日之助は目を瞠った。

女だった。ただし、やけに背が高い。五尺五寸（およそ一六七センチ）の日之助よりさらに二寸（およそ六センチ）ほどは大きい。

美人である。化粧は濃すぎるくらいだが、目元や真っ赤に塗られた唇はどきりとするほど色気がある。

「変な感じがする？」

ささやくような声で訊いた。

「まあね」

「男よ」

と、急に声が野太くなった。

「ああ」

と、納得した。

「おかま、陰間《かげま》、女形《おやま》……なんとでも呼んで」

「名前は？」

「釜三郎《かまさぶろう》」

そう言って、にやっとした。

「ほんとに？」

「前の芸名」

「じゃあ、舞台を探したほうがいい」

「駄目なの。芝居が下手で。あとはドサまわりだけ。田舎は嫌いなのよ」

釜三郎は早口で言った。

「ここは、陰間茶屋にはしないぜ」

陰間茶屋は、茶屋とは名ばかりの悪所である。花魁のかわりに陰間が相手をする。湯島あたりにいっぱいあるが、日之助は行ったことがない。

ここらでやれば、ものめずらしさで流行るかもしれない。坂の上の陰間茶屋。景色もきれい、お尻もきれい。

だが、おこうはたぶんやらないだろう。

「あたしだって嫌よ」

「歳は？」

「三十でこぼこ」

たぶん日之助と同じくらいだろう。

「料理は？」

「前の飲み屋でもやってたわよ。そこは、客と寝ろって言うからやめたの」

「ほう」

「おかまが駄目なら早くそう言って、時がもったいないから」

「いや、そんなこともない」

「流行るわよ、あたしがやると」

「自信があるんだな」

「料理は上手だし、話は面白いし、最初は恐《こわ》いもの見たさで来るけど、すぐに常連になっちまうのよ」

「わかる気がするよ」

世辞ではない。人を魅《ひ》きつけるなにかがある。

色気とも違う。どこかで自分と共通するものが感じられる。

「あら、嬉しい」

「じつは、この店というのは三人でやっている店でね」

「そうなの」

「わたし一人で決めるわけにはいかないんだ。悪いが、暮れ六つ（午後六時ごろ）あたりにもう一度、来てもらうわけにはいかないかね？」

「いいわよ」

と、帰っていった。

「日之助、ほんとはそっちなんじゃねえのか」

と、源蔵が嬉しそうに言った。

三人が集まっている。星川も源蔵も、日之助の話に即座に「駄目」とは言わなかった。そのあたりは、この中年たちのいいところだと思う。歳のわりに頭はまったく硬くなっていない。

「違いますよ。それより、なんか共感するものを覚えたんですよ」

「だからほんとは……」

「源蔵さんもしつこいですね。そういうんじゃなくて、あの連中もはぐれ者じゃないですか。わたしも、同じようにはぐれたからじゃないでしょうか」

「あんな大店《おおだな》の若旦那に生まれて、はぐれるもないもんだと思うがね」

と、源蔵は皮肉な笑みを浮かべた。

「源蔵はそっちも経験してるんだろ?」

と、星川が訊いた。

「経験たって、一度、後学のために湯島で陰間を買っただけですよ」

「ほう、どうだった?」

「いやあ、あっしは駄目でした。もう二度と行く気はありませんよ。ただ、あの連中は、話が面白いですから」

「やっぱりそうかい」

「おかまだから話が面白いのか、話が面白くねえとやっていけねえからか、皆、話術は巧みですよ」

源蔵がそう言うと、

「たぶん、物の見方が変わってるんじゃないですか。男の見方、女の見方とも違う気がします。だから、面白いんですよ」

と、日之助は言った。

「おかまの店か。いいかもしれねえな」

星川がうなずいた。年長者の意見は重みを持つ。

「あっしらも、おこうさんのときみたいに、互いに嫉妬《しっと》したりせずにすみますしね」

と、源蔵も賛成した。

「そういえば、おこうさんはああいう連中にもやさしかったですよね」

「そうだっけ？」

星川は首をかしげた。

「一人、飲みに来たことがあったんです。陰間茶屋に出ているのが」

「ああ、いたな。夏ごろだ」

「ほかの客が馬鹿にしたとき、おこうさんは怒ったんですよ。皆、それぞれ人と違うところがあるでしょ。それで、どうしてそんなふうに言われなくちゃならないのって」

「へえ」

「そういえば、あっしも聞いたな。おかまじゃないが、田舎者を馬鹿にしたやつを、江戸っ子だって何代か前をたどれば皆、田舎者よって、言ってたな」

と、源蔵が言った。

「おこうさんから見たら、皆、いっしょだったかもしれません」

「いっしょ？」

「ええ。なんて言ったか、平等？　そんなような言葉を言っていたような……」

日之助の記憶ははっきりしない。

「たしかにおこうさんだったら、その釜三郎を女将にするって案も、いまごろ面白がってるかもしれねえな」

星川が天井のほうを見てそう言ったところで、

「ちょっと早かったかしら」

と、外で声がした。

三

星川や源蔵だけでなく、日之助も驚いた。

美人である。昼間、日之助が見たときより、さらにきれいになっていた。

「こりゃ、驚きましたね」

と、日之助は言って、星川と源蔵を見た。

「たいした美人だ」

源蔵がにやにやした。

「夜だからですよ」

と、釜三郎は言った。

「そうなのかい?」

「そりゃそうですよ。さっきは昼間でしょ。これだけ濃い化粧をしたら、気味が悪いだけ。でも、夜はいいの。化粧の濃さが逆に輝くの。夜の明かりのようになって、男たちを魅きつけるの」

「………」

三人は無言でうなずいた。

「夜っていいわよね。いろんな嫌なものを隠してくれる。顔や姿だけでなく、人の心の嫌なところもね」

なかなかうがったことも言う。

とりあえず中に入ってもらい、三人の前に腰かけさせた。

「流行るわよ」

釜三郎は三人を見回し、自信たっぷりに言った。

「かもしれません」

「どうなの？」

「やってもらうことにしました」

と、日之助は二人を見た。

星川も源蔵もうなずいた。見たことのない美しさに、魅了されたというより、あっ気に取られたふうである。

「それで、給金なんだがね」

と、源蔵が言った。

金の話になると星川はさっぱりである。腰かけにしている樽を後ろにずらして、ちょっと横を向いた。

「ええ」

「前のところはいくらもらってたんだい？」

だいたい前のところを基準にする。ときおり多く言うやつもいるが、確かめたりもできるので、たいがいは本当のことを言う。

「一日二百文《もん》いただいてました」

「ふうむ」

それほど高くはないが、客がどれくらい来るか、まだわからない。最初のうちは低く抑えたい。

「そこは通いだったんだろ？」

「そうです」

「ここは住み込んでもらうんだ。住み込みは大丈夫かい？」

「そりゃあかまいません」

「その分も考慮してもらいたいんだ」

裏長屋の家賃は、もちろん条件によって異なるが、だいたい月に四、五百文といったところである。

「ええ。新しくて、きれいそうだし」

「六畳に押し入れもついてるぜ」

「充分よね」

「しかも、飯も自分でつくって食えば、ただでおさまる」

「そうよね」

「一日百二十五文といったところでどうだい？」

「二日で一朱《しゅ》ですね」

一朱は一両の十六分の一に当たる。とすると、だいたい月に一両ということになる。

「悪くないと思うぜ」

「そうね」

「そのかわり、下ごしらえから後かたづけまで、みっちり働いてもらうつもりだ」

「そりゃあ、もちろんですよ」

釜三郎も口元がかすかにほころんだ。

「じゃあ、決まりだ」

源蔵につづいて、星川と日之助もうなずいた。

意外にかんたんに話が決まった。まだ暮れ六つを過ぎたばかりである。

「どうする？　どっかで四人で一杯やるか？」

と、星川が言った。

「あら、よその店に行くくらいなら、お酒買ってきて、ここで飲みましょうよ。あたし、かんたんな酒の肴をつくってあげるから」

と、釜三郎は提案した。

「へえ、いいね。料理人としての腕もわかるし」

源蔵が嬉しそうに言った。

何日か前、大工と左官にふるまうため、包丁とまな板、それに皿くらいは持ってきてあった。

「でも、酒屋は開いてるが、酒の肴となると、どうかな。そっちの豆腐屋はもう閉まってるだろうし」

「鳥居坂の下の魚屋はけっこう遅くまで開いてますよ」

「じゃあ、おれが酒を買ってくるから、日之助と釜三郎は魚屋に行ってきてくれ」

と、源蔵は立ち上がった。

「おいらは？」

「御大《おんたい》はお留守番を願いましょうか」

三人は笑いながら出ていった。

星川はそっと天井のほうを見た。おこうが微笑んでいるような気がした。

釜三郎がつくったのは、アサリの酒蒸しと、細く切った生のイカと大根と柚子《ゆず》を混ぜ合わせたものだった。

「ほう、こりゃあうまい」

と、星川が褒めたのはイカのほうである。さっぱりして、しゃきしゃきした大根と、ぬるっとしたイカの組み合わせも悪くない。

かつおぶしをかけ、さらに酢じょう油が振ってある。

「柚子も効いてるね」

源蔵も褒めた。

「このアサリはよくおこうさんもつくってたけど、違いますね」

と、日之助は酒蒸しの汁を味わいながら言った。

「ああ。こっちは辛《から》いな。とんがらしを入れてるんだ。おこうさんのは生姜《しょうが》が効いてたんだよ。でも、これはこれでうまいよ」

だが、星川は内心、おこうに軍配を上げているのは明らかである。

「しかも、手際がいいですよね」

「まったくだ」

これは星川も源蔵も感心した。

つくりはじめから出すまでが早い。馴《な》れていない台所なのだから、もしも馴れたらどれだけ早いことになるだろう。

「しつこいが、陰間茶屋にはしねえでくれよ」

早くも赤い顔になった源蔵が言った。

「もちろんですよ。あたしだって、陰間にはなりたくありません。おかまとして出世したいですよ」

「おかまの出世？」

「なんの世界にも出世の道はあるでしょ」

「へえ。いちばんの出世街道はどういうんだい？」

源蔵は興味津々で訊いた。

「そりゃあ芸人として大成することかしらね。芝居の女形《おんながた》で人気者になったりしたらたいしたものよ」

「歌舞伎か？」

「あそこはほら、血縁がないとね。そこらの小芝居でも凄い人気者になる人はいるわよ」

「あんたは、なってても不思議じゃないけどね」

源蔵は釜三郎に銚子《ちょうし》を差し出しながら言った。

「ありがと。でも、ものにならずにやめたの」

「声の太いのは玉に瑕《きず》だが、見た目は素晴らしいがね」

「それだけじゃないの。この背も難点でしょ。男が皆、あたしよりチビなんだから。

それから芝居がド下手でしょ。加えて、先輩の言うことなんか聞きやしない」

「ああ、そりゃ駄目だな」

「でしょ」

「役者が駄目だと、どんな道があるんだい？」

と、今度は星川が訊いた。

「いかにいい男をつかまえるかね」

「いい男ってえと？」

「そりゃあ、大店の旦那よ。一に札差……」

釜三郎がそう言うと、星川と源蔵はちらりと日之助を見た。日之助はしらばくれた顔をしている。

「二に問屋、三、四がなくて五に蔵持ち小売りってとこかな」

「金さえありゃあいいのかい?」

星川が軽蔑したように訊いた。

「それはやっぱり誠実な男よ」

「見た目はどうだい?」

「いい男じゃなくていいの。でも、なんかこう、苦味ばしって男っぽい人っていいわよね?」

「ここで言うと?」

「源蔵さんかな」

釜三郎がそう言うと、源蔵はひどく照れた。

「やめてくれよ」

「いや、やっぱり源蔵はおかまにもてるんだ」

と、星川が納得したように源蔵の肩を叩いて、

「いいなあ、源蔵は。うらやましいよ」

「星川さんて嫌みを言うとき、嬉しそうですよね」

「あとは何があるんだい？」

と、日之助が釜三郎に訊いた。

「そうね、自分のちゃんとした店を持つことかな。悪いけど、あたしがいつまでもここにいるとは思わないでね。あたし、適度にお金が貯《た》まったら、出ていきますから」

「まあ、そりゃあな」

と、源蔵はうなずいた。

「当然だわな」

「覚悟しておきますよ」

星川も日之助もうなずいた。なんとなく店の中に寂しいような気持ちが漂ったとき、

「あれ、やってるの？」

と、戸が開いた。

四十くらいの女である。

中の四人と目が合うと、

「あら、今晩は」

親しげな顔をした。

前の店のときに来ていた客である。星川たちも見覚えがある。たしか、浜松町の大きな仏具屋〈白雲堂《はくうんどう》〉のおかみだった。

「あ、じつは……今日は身内だけの集まりでして」

源蔵が立っていって、断わりを入れようとする。

だが、白雲堂のおかみは、すっかり飲むつもりらしく、二、三歩、中に入ってきて、

「なあに、このあたり焼けたの？」

と、訊いた。

「そうなんだよ」

源蔵が答えた。

「おこうさんは？」

三人ともうつむいてしまう。

事情を知らない釜三郎だけが、三人の顔を交互に見た。

「え、まさか……？」

白雲堂のおかみは源蔵の視線を避け、助けを求めるように日之助を見た。

日之助が暗い顔で白雲堂のおかみを見返した。

「亡くなったの？　ねえ……？」

「ええ」

「嘘……かわいそうに」

白雲堂のおかみは袖口を目にあてて、しばらく泣いた。

「ずいぶんあたしの愚痴を聞いてくれたのよ」

「そうみたいですね」

店の奥のところで、二人で話し込んでいるのを、常連なら皆、見たことがあるだろう。

「おこうさんは、自分の話はしてたかい？」

と、源蔵が訊いた。

「ううん。あの人、聞いてくれたけど、自分の話はあんまりしなかった。というより、あたしが自分のことばっかりしゃべってたのね。もっと訊いてあげればよかった」

「いや、訊いてもしゃべらなかったと思いますぜ」

「こんなひどいことってあるのねえ。そうだったの……」

飲むつもりで来たらしいが、もうそんな気もなくなったようである。

「じゃあね」

と、出ていった。

「たぶん、もうここには来ねえな」

星川がそうつぶやくと、源蔵も日之助もつらそうにうなだれた。

すっかり雰囲気が暗くなった。

「このへんで今宵はお開きにしようぜ」

と、星川が言った。

「じゃあ、このあとだが……」

源蔵がざっとみんなの了解を取った。

料理人も見つかったし、開店は五日後となった。その日は大安吉日である。

それまでに馴れておきたいからと、釜三郎は早くも住み込みたいという。

火事の顚末《てんまつ》も教えたが、それでとくに恐がったりすることはないようだった。

「おかまは意外に胆《きも》が太いんだよな」

源蔵はそう言って、釜三郎の肩をぱんと強く叩いた。

四

その翌日――。

釜三郎が家の前に腰かけの樽と縁台を並べて拭《ふ》いていると、

「あら、文《ぶん》ちゃんじゃないの」

と、声をあげた。

「おお、釜三郎じゃねえか」

足を止めた男は、小さな樽を背負っている。

店の中では、星川たち三人が釜三郎のほうを見ている。

「ちょうどいいわ。紹介する。この人、あたしの前の店にお酒を届けてくれていた新川の酒問屋〈大文字屋《だいもんじや》〉の手代をしている文ちゃん。こちらのお三人は、この店のあるじさんたち」

「どうも」

と、愛想のいい笑顔を見せた。

小柄な男で、釜三郎と並ぶと一尺近く小さく見える。ただ、がっちりして首から肩のあたりは筋肉で盛り上がっている。

「ねえ、それって味見用のお酒でしょ？」

と、釜三郎が文ちゃんに訊いた。

「そうだよ」

「伏見の名酒なんでしょ」

「うまいぜ。でも、駄目だよ」

「ちょっとだけ」

と、手を取って無理やり中に引きずり込んだ。

「茶碗一杯でいいから」

と、注がせて、三人に飲ませた。

「お、こりゃあ、いい酒だ」

「ほんとですね」

「これくらいの酒を出してえよな」

「喉ごしがなんとも言えねえ」

「甘さがべたべたしてないんですよ」

「すきっとしてるよな」

　口々に褒めた。

　おこうが酒をどこから仕入れていたのか、聞いてなかったので、とりあえず坂下の三河屋《みかわや》から持ってきてもらうつもりでいた。

　ただ、三河屋でいちばんいい酒といっても、そうたいした味ではない。

「これ、うちにも回してくれよ」

　と、源蔵が頼んだ。

「高いですぜ。言っちゃあなんですが、こんな小さな飲み屋ではなかなか採算が取れねえと思いますよ」

「いくらなんでえ？」

「一升で百二十文」

「ほんとに高いな」

安い酒なら一升が二十文ほどで買える。その六倍もするのだ。しかも、店で売るときはさらに儲けを加えなければならない。

「でしょう。おやめになったほうが」

「いや、ぜひ欲しい。もともとここはいい酒を飲ませる店なんだ」

と、星川が意地になったように言った。

じっさい、そうなのである。

初めての客には、おこうはちゃんと断わっていた。「うちはいい酒しか置かないので、値段は高いですよ」と。もっとも、それだって一升百二十文はしなかった。

この酒には、おこうだって驚いたに違いない。

「そうですか」

「文ちゃん、お願い」

と、わきから釜三郎も手を合わせた。

「明日か明後日《あさって》には上方《かみがた》からの船が入るけど、そのときどれだけ積んできているかですね」

「すぐ知らせてくれ」

と、星川が言った。

「ただ、逆にすこしだけ卸すってのは難しいんですよ」

「どれくらい？」

「四斗《しと》樽《だる》なら五つほどは買ってもらわねえと」

「するってえと」

星川は計算が苦手である。

「六両になりますが」

「いいだろう」

「じゃあ、船が入ったらお知らせします」

ということで、大文字屋の文ちゃんは帰っていった。

日之助は昼過ぎから出かけてしまった。日本橋北の瀬戸物町に、器を買いに行ったのだ。

おこうの仕入れ先はほとんど知らなかったが、器だけは日之助が知っていた。たまたまそこで買い物をしていたおこうと会ったらしい。

だから、そこで選んでくると言って、出かけたのである。

それで、星川と源蔵、それに釜三郎の三人で、品書きを相談している途中、星川がこのあいだまで奉行所勤めだったという話になった。

「八丁堀の旦那だったんですか？」

「いまは違うぜ」

「そうだったの」

「なんだよ。後ろめたいことでもあんのか？」

と、わきから源蔵が言った。

「やあね。ただ、あんまり好きじゃなかっただけ」

江戸の町人の大半はそんなものだろう。

もっとも同心よりも岡っ引きのほうが嫌われている。同心はそれほど身近でないから、粗《あら》が目立たないのか。これがもっと少ない与力《よりき》になると、今度は俄然《がぜん》、人気が上がる。

町人の人気というのも、よくわからないところがあるのだ。

「おれは瓦版屋だったんだ」

「あら、そう？　それが？」

「おかまの記事は書いたことがねえ。書けばよかった」

「なに書くの？」

「おかまの夜の実態」

と、源蔵は意地悪そうに言った。

「やあね。男もいろいろ、女もいろいろいるように、おかまもいろいろなのよ。ほんとに女みたいなおかまもいれば、姿も心も男なのに、ただ男が好きっていうのもいるし、とても一口じゃ言えないわよ」

「へえ、そうなのか」

「そんなに知りたきゃ、湯島に行けば？　陰間に直接、訊きなさいよ。でも、すくなくとも二、三十人には訊かないと、ほんとのところは見えてこないわよ。なんだってそうでしょうけどね」

「いや、そこまでして知りたくはねえんだが」

「あたしは女を好きになったことはないわね」

「子どものときから？」

「そうね」

「親は知ってたのかい？」

「知らないでしょ。でも、男のくせになよなよするなって、よく殴られたりはしたわね」

と、つらそうにうつむいて言った。

「そいつはかわいそうだったな」

「それと、あたしはきれいになりたいって気持ちが強かった」

「素顔もきれいなんだろ」

源蔵は釜三郎の顔をのぞき込むようにして訊いた。

「そりゃそうよ。いくら化粧したって、醜男《ぶおとこ》は美女になれないわよ」

「そうか」

「あんたたちには絶対、無理ね」

今度は釜三郎が意地悪そうに言った。

「髭も生えてくるんだろ」

「あたしは薄いのよ」

「いろいろ毛も剃るのかい？」

源蔵はにやにや笑っている。

「言いたくない」

「いいよな、ちんぽこに誇りのねえやつは」

「やあね」

「源蔵。おめえってずいぶん下品なやつだったんだな」

と、わきから星川が呆れたように言った。

「昔からね」

「おこうさんの前では猫をかぶっていやがったんだ」

「猫をかぶってたわけじゃねえ。あの人の前だと、言えなくなっちまってたんでさ。それでいて、気づまりとかいうんじゃねえ。もしかしたら、あっしは下品な冗談なんぞ、ほんとは言いたくないのかもしれません」

「じゃあ、なんなのよ」

と、釜三郎が言った。

「わからねえ。急におめえを苛《いじ》めてみたくなったんだ」

源蔵は自分でも不思議そうに首をかしげた。


日之助が暮れ六つ過ぎにもどってくると、すぐそのあとから、

「ご免」

と、男がやって来た。

武士である。薦《こも》をかぶせた四斗樽のようにでっぷり肥《ふと》っている。これくらい肥っているると、まず武芸のほうは達者には見えない。

ただ、上背もある。武芸が駄目でも、殿さまの前に置くにはいいかもしれない。槍《やり》でも鉄砲でも、最初の攻撃をすべて受け止めてくれる。

この武士も、前の店のころの客らしい。

「日之助、知ってるか?」

と、源蔵が小声で訊いた。

「いや」

「早めに来る客だったのかな」

源蔵たち三人は、遅くなってから来ていた。暮れ六つからすぐのころの客は、常連でもほとんど知らない。

「ここはおこうさんの店ではござらぬか?」

武士は入口のところから中の星川たちを見て、怪訝そうに訊いた。

「いや、違います」

と、日之助が答えた。

「だが、つくりはいっしょのようだが?」

ちょっとおどおどした話しぶりである。見た目はいかにも図々しそうだが、性格は違うらしい。

「同じようにしたのです」

「なぜ、そんなことを?」

「周りを見て、気づきませんか?」

男はすこし後ろにもどって、提灯をかざすようにして周りを見た。

「焼けたのですね？」

「そういうことです」

「まさか、おこうさんは？」

声が震えている。

「どなたさんで？」

と、日之助は訊いた。

「は、林洋三郎《はやしようさぶろう》と申す者です。ここにはひと月に一度くらいずつ飲みに来ていたのですが」

「そうですか。……亡くなりました」

「亡くなった……」

林という武士は、口を大きく開けて、息を吸い込むようにした。

「その火事でね」

「火元は？」

「ここですよ」

「ここ……失火ですか。火事を出すような人には見えなかったが」

「岡っ引きなんかは失火ですまそうとしてますがね、わたしたちは付け火だと思ってます」

「そうなのですか」

　武士は、ちょっとふらふらしている。

「大丈夫ですか」

「ええ。ここに来るのを楽しみにしていたもので。そうですか、付け火でね」

　がっくり肩を落として帰っていった。

「まあ、これからもああいう人は来るだろうな」

　と、源蔵は言った。

「おこうさんて女将はずいぶん慕われていたんですね」

　釜三郎が神妙な口調で言った。

「まあな」

「あたし、そんな人の後釜をやれるのかしら」

「やれるよ、釜なんだから」

「やあね」

と、釜三郎は源蔵を力いっぱい叩いた。

五

〈大文字屋〉の手代の文ちゃんは、次の日、さっそく顔を出した。

「釜三郎。意外に数が来たので、十樽ほどなら回せるそうだぜ」

「十樽！」

釜三郎は振り向いて、三人の顔を見た。

「十樽は多いですよね？」

「多いが、腐るものでもねえ。これから冬だしな。いったんこれでいくと決めたら、ある程度、量を確保しておいたほうがいい」

と、星川は言った。

「そうだよ。星川さん、ここは思い切って買っておきましょうよ」

源蔵が言うと、日之助もうなずいた。

「よし、頼む」

星川が釜三郎に顎《あご》をしゃくるようにした。

「開店はいつでしたっけ？」

と、文ちゃんが訊いた。

「もう三日後に迫ってるのさ。大安なんでな」

「景気づけに薦をかぶせますか？　見映えがしますよ」

「どうしようか」

「ちょっと時間がかかるかもしれませんが」

「だったら、いいや。どうせ、奥に並べるだけだ」

「じゃあ、その日の昼にはお届けしますよ」

「代金はそのときかい？」

「ええ、お願いします」

これで、うまい酒のほうも準備は整った。

この日の夕方になって――。

「どうも、星川の旦那」

「よう、清八、来てくれたかい」

永坂の岡っ引き、清八が店を見に来たのである。

店には釜三郎と星川だけである。

「まったく、しばらく家に閉じこもっていたら、足が弱っちまって、坂道のきついこと。人間、歩くのを怠けちゃいけませんね」

「ま、座んなよ」

と、星川は腰かけの樽を勧めた。

疲れたみたいだが、清八の顔色はこの前よりよさそうである。なんとなくむくんでいたのが、すっきりしている。やはり、どんなにつらくても、人間は歩いたほうがいいのだろう。

「それで火が出たってのはそこですね」

と、清八は奥を指差した。

「そう」

奥にも厠に出る戸口はある。だが、あのときと同じように、しっかりかんぬきがかけられている。火はその手前で燃えはじめた。

店の出入り口からそこまではおよそ四間《けん》（およそ七・二メートル）。うなぎの寝床の突き当たりである。

「確かに変ですね」

と、清八は何度もうなずいた。

「だろ」

「それで旦那はわざと逃がそうとしたと推測した。なるほどね」

目で階段の場所と、火元と、出入り口を確かめながら言った。

「たぶん、当たってるぜ」

清八は店の中を見回し、

「旦那が水商売をね」

ひどく感慨深げに言った。

「水商売ったって、やるのはあいつだもの」

釜三郎が頭を下げて挨拶《あいさつ》するが、なんとなく表情が硬い。町方が苦手なのだ。

棚に置いた小さな樽に清八の目が行った。開店の日に万が一、酒が届くのが遅れたりしたときのため、予備で一樽買っておいたものである。

「飲みてえんだろう？」

と、星川は訊いた。

「そりゃあ、まあ」

「駄目だ。やめておきな」

「でも、あっしはどうせ長くはないですぜ」

「覚悟はできてるのかい？」

「心残りはありますがね。紅蜘蛛小僧は捕まえてえし」

「だったら、やめとけよ」

「旦那、それが叶えられるかどうかはわからねえんですぜ」

「………」

星川は自分のことを思った。

おこうが死んで、もうこの先に望みのようなものは無くなってしまった。心の真ん中に大きな穴が空いている。

それでも生きていくというとき、酒が飲めないとなったらどうするのだろう。ましてや、これから寒い冬が来るのだ。

「一杯だけだぜ」

と、立ち上がった。星川が自分の手で、茶碗に注いでやる。力の水。飲みすぎたら、人を弱くする水。

「ごちそうになります」

きゅうっと一息で、うまそうに飲んだ。

こんなにうまそうに飲めるなら、まだ大丈夫なのではないか。肝ノ臓がいかれて死んだやつは、最後はもう酒を飲むこともできなかった。

「あっしも下のほうでいろいろ聞いてきました。おこうという女将については誰もよくわからねえ。過去が気になりますね」

「そうなのさ」

「旦那。もしかして、惚れなすってた？」

と、清八は遠慮したようすで訊いた。

星川勢七郎は目を天井のほうに向け、

「いまだから照れずに言えるがね、あとを追いたいくらいだよ」

と、静かな口調でつぶやいた。

六

開店の日になった。

いい天気である。夜になると冷え込みがきつくなりそうだが、雨にはならないだろう。一杯恋しくなるような、絶好の開店の日となりそうである。

昼過ぎに、酒が運び込まれた。

文ちゃんと、もう一人、やはり〈大文字屋〉の半纏《はんてん》を着た男がいる。いかにも田舎から出てきたような、ぼんやりした顔の男である。

「二人で来たのかい?」

と、源蔵は驚いた。麻布の坂を荷車で上り下りするには、二人では無理である。最低でも四人はいる。

「いや、そこに」

と、指差した先で、いかつい身体をした人足が三人、地べたに腰を下ろしている。

手伝うのは荷車押しだけで、酒樽の運び入れはやらないらしい。

「ああ、なるほど」

坂の下にたむろしていて、荷車が来たとき、手伝いをして駄賃をもらう男たちである。このあたりはそういう仕事で食べている者が何人もいる。

「釜三郎は？」

と、源蔵は振り返って訊いた。

「いまさっき、ちっと髪結いに行くって出かけちまったよ」

星川が答えた。

「あの野郎、お披露目興行のつもりでいやがるんですよ」

と、文ちゃんが笑いながら言った。

「そこに積み上げておいてくれ」

「わかりました」

「じゃあ、これは代金だ」

と、源蔵が十二両を手渡した。

「たしかに受け取りました」

壁ぎわにずらりと、四斗樽が並んだ。杉の木の匂いと、酒の匂いが混じり合ってなんとも言いがたい香りになっている。

「こたえられねえな」

「壮観ですしね」

「景気づけにもぴったりだぜ」

三人はしばし、その前にたたずんだ。


日が暮れかけている。だいたいが一本松坂は背中に高台を抱えるので、日暮れが早い。しかも北向きである。店の前は、紫と青がまだらになったような、寒々しい闇に染められつつあった。

「釜三郎はどうしたんだ？」

と、星川が苛々して訊いた。まだ暮れ六つまでは四半刻（三十分）ほどはあるだろうが、そのときは全員勢ぞろいで客を迎えたい。

しばらくして、今度は源蔵が、

「遅《おせ》えよ、釜三郎の野郎」

「髪結いを回ってきましょうか？」

「でも、どこの髪結いかわからねえだろうが」

そう言ったとき、戸が開いた。

「毎度」

釜三郎よりずっと若く、小さな男がいた。

「誰だい？」

と、源蔵が訊いた。

「坂下の三河屋ですよ」

「何か用か？」

「しょう油とみりん、それに砂糖の代金を」

「いくらだ？」

「ええと、まずしょう油が三樽分で」

「三樽分？　どこにしょう油が三樽もあるんだ？」

「でも、お届けしましたよ」

と、伝票を見せた。

「みりんが一樽に砂糖が……こんなに買うわけねえだろ」

「そんなこと言われても」

「誰が頼んだ?」

「こちらの女将さんが」

「……………」

源蔵は星川たちを振り返った。星川はなんだか鳥肌が立ったような顔をしている。

するとそこへ、

「菜種油三樽分の代金をいただきに参りました」

見知らぬ小僧が入ってきた。

「油が三樽だと?」

源蔵が呻いた。

「おい、これって……」

星川が顔をしかめ、

「取り込み詐欺だぜ」

口惜しげに言った。

商品はいまごろ横流しされ、金に替えられている。

「まさか、酒は大丈夫ですよね」

日之助が酒のほうを見た。

一つ下ろした。急いで叩き割る。なんの匂いもしない。

「水ですね」

昼間感じた匂いは、おそらく運び込むまぎわに、少し振りかけた程度だったのだろう。

「なんてこった」

三人は二階に駆け上がった。

「くそっ」

と、源蔵が階段わきの柱を蹴った。

何もない。せいぜい甘栗《あまぐり》の食いかすなど、ゴミがいくつか落ちているだけである。

釜三郎の着替えもなければ、こっちが準備してやった瀬戸物の火鉢まで消えていた。

「わたしの責任です……」

と、日之助が呻くように言った。

「わたしが最初に釜三郎を気に入ったから」

「そんなことはねえ。おいらが馬鹿だったぜ」

星川は情けなかった。取り込み詐欺も同心時代に何度か扱ったことがある。あんなもの、引っかかるほうが馬鹿だなどと思っていた。まさか自分がやられるとは、思ってもみなかった。

「いや、あっしもこいつ変だなと思ったんです。星川の旦那が元八丁堀だって知ったときの顔つきが気に入らなくてね」

「しつこくからかったときか」

「あ、そうです。なんか嫌な感じがして、つっついてみたくなったんでしょうね。ま、しょせんあっしらは素人の商売なんだな」

と、源蔵は自嘲《じちょう》するように笑った。

「星川さんや源蔵さんは素人ですが、わたしはそうじゃない」

「でも、札差と飲み屋じゃ全然別だろ」

星川が慰めた。

「そんなことは」

「大文字屋ってのは？」

と、源蔵が酒問屋が立ち並ぶ新川の町並を思い出すような顔をした。

「新川に行けばあるんだろう。だが、あいつらはそことは何の関係もねえ」

「三人組にやられましたね」

「三人じゃねえ。二人だ」

と、星川が言った。

「え？」

「文ちゃんというのといっしょに運んできた男がたぶん釜三郎だ」

「えっ。似ても似つきませんよ」

日之助が信じられないという顔をした。

「あいつ、なんとなく目を逸《そ》らすようにしてたんだが、思い出してみると、顎の線や耳のかたちがそっくりだった」

「醜男だったじゃないですか」

「いや、そういうものなのさ」

と、源蔵が言った。

「おれは歌舞伎の中村鱒蔵《なかむらますぞう》の話を直に聞いたことがある」

「別嬪《べっぴん》の女形じゃないですか」

「その鱒蔵が言ってたよ。いい男が化粧しても、そのままいい女になるのかは微妙だって。むしろ、いい男というより、小ぢんまりしていろいろつくり変えられる顔こそ、別嬪に化けられるんだって。だから、意外につまらねえ顔だったりするのさ。現に鱒蔵がそうだったんだから」

「へえ」

「だから、あいつが釜三郎だったとしても、おれは驚かねえよ」

三人はしばらく黙りこくった。

「いい勉強をさせてもらったぜ」

と、星川が天井のほうを見て言った。

「そう。あっしらも一つずつ学んでいくしかありませんね」

「それにしても高い勉強代ではあったがな」

「今日はどうします？」

日之助が不安げに訊いた。

「開けられっこねえだろ。何もねえんだもの」

と、源蔵が笑った。

「ま、ぼちぼちやろうぜ」

星川もさっぱりしたような顔をしている。

七

翌日――。

日之助は永代橋を渡っていた。懐から包み紙のようなものを取り出した。昨日、釜三郎が使っていた二階の部屋に落ちていたものだった。

日之助はそれをすばやく拾いあげて、懐に入れておいたのだ。

紙は煙草の包み紙だった。

――煙草なんぞ、どうせ近所で売っているところから買う。包み紙から、住んでいる場所が突き止められるはずである。星川もこれを見つけたら、当然そう考えるだろう。だから、すばやく隠して、懐に入れたのだ。

日之助はなんとしても自分で見つけ出し、金を回収するなり、落とし前をつけるなりするつもりだった。

包み紙には、長いキセルで煙草を吹かしている小生意気そうなカエルの絵が描かれ、

「深川名物カエル煙草　永代橋わき青蛙本舗《あおがえるほんぽ》」

とあった。

永代橋の西の橋詰は、まっすぐの道はなく、両脇に分かれてしまう。その左手をしばらく行ったあたりに青蛙本舗の看板があった。

「ちょっと訊きたいんだが」

と、日之助は店先にいた若い手代に声をかけた。

「なんでしょう？」

「おめえのところにおかまが煙草を買いに来るだろ？」

釜三郎は目立つ。何度か来ているなら絶対に覚えているはずである。ただし、化粧をしているときに来ていればいいのだが。

「器量は？」

「背が高すぎるのが難だが、滅法いい女だ」

「ああ、あいつですね。そっちの庄兵衛《しようべえ》長屋にいる……」

と、手代は店の後ろのほうを指差した。


日之助は暗くなるのを待って、庄兵衛長屋に来た。

釜三郎は出かけていて、いない。

懐から紅い紐《ひも》を取り出した。先に鉄の鉤《かぎ》がついている。これを長屋の隣りの火の見櫓《やぐら》に上り、半鐘のあるあたりに引っかけた。

長い紐である。隣りの長屋の屋根にかけるように反対側まで行った。

直接、長屋の屋根に鉤を引っかけたりすると音が出る。だが、こうしてぐるっとまわせば、金属の音を立てずにすむのだ。

日之助はこの紅い紐をたぐりながら上にあがる。一本の糸をよじのぼる蜘蛛のようである。

「日之さんとあたしは、紅い紐で結ばれてるんだよね」

耳元で声がした。お里《さと》の声だった。

「お里ちゃん。それは紅い紐じゃなくて、紅い糸だろ」

まだ若かった日之助がそう言った。

「ううん。糸じゃすぐ切れてしまうでしょ。あたしと日之さんは紐なのよ。ちょっとやそっとじゃ切れないでしょ」

お里はそう言った。

だが、お里が流行りやまいで逝ったのは、それからまもなくのことだった。

最初に忍び込んだのは、お里の家だった。何か形見のものを欲しいと頼んだのに断わられていたのだ。「お前がちょっかいを出したりするから、お里は流行りやまいにかかったのだ」と難癖までつけられた。

お里の家からは匂い袋を盗んだ。お里の匂いがしたからだった。

忍び込むとき、紅い紐を使った。二階の手すりに通し、その紐を伝って上にあがった。

それから、紅い紐を使って盗みをするのが癖になっていった。

金が目的ではなかった。苛々する気持ちをごまかすためだった。わざと危険なことをして、無事だったときホッとする。それが快感だった。

「紅蜘蛛小僧」

などと言われるようになったのは、そう昔のことではない。苛々が積もりに積もって、大名屋敷や旗本屋敷を狙いはじめてからだから、せいぜい三年前くらいだろう。

だが、泥棒はもう半年、我慢してきた。我慢できていたのは、おこうとの会話のおかげだった。気持ちが安らぎ、苛々は積もる前に解消された。

最後の仕事は危なかった。

麻布永坂の木綿《もめん》問屋に忍び込んだときだった。腕のいい岡っ引きが近くにいて、屋根の影を見つけると同時に、大声をあげながら逃げ道をふさいでいった。

——もしかしたら……。

あのとき、姿を見られていたかもしれない。

おこうの店を知り、しばらく泥棒から足を洗っていたのは天佑《てんゆう》だったかもしれない。

屋根に上がると、日之助は紐を大きく波打たせた。

火の見櫓の上にかけていた金具がはずれ、うまく引き寄せることもできた。

屋根を伝って、いちばん端の釜三郎の家の上まで来た。板葺《いたぶ》きである。こうした屋根は剝《は》がすのもかんたんである。

身体が入る分ほど剝がし、中の梁《はり》に足をかけた。

天井裏に出ると、なんとそこに手文庫があるではないか。どうやら、押し入れの天井板を外し、ここに隠すようにしているらしい。押し入れに荷物が詰まっていて、まさかここにはと思うに違いないと踏んだのだろう。

なんとも甘い隠し場所だが、日之助と出会わなければ、これでも絶好の隠し場所でありつづけたかもしれない。

開けると二十五両ほど入っていた。今度の損害はそれほど多くない。せいぜい十五両といったところだろう。

日之助は十五両を懐にしまい、残りはもどした。おそらくあとで、どっちかが取った、取らないで大喧嘩になるだろう。

最初に会ったとき、釜三郎に共感めいたものを覚えたのは、泥棒同士だったかららしい。日之助は天井裏で苦笑した。

——ん？

下で釜三郎の声がした。もどってきたのだ。

二人いるらしい。日之助は節穴から下をのぞいた。

文ちゃんだった。もう一人が化粧を落とした釜三郎だった。星川が見破ったとおり、やはり昨日の昼間の男は釜三郎だった。釜三郎は、文ちゃんと暮らしているらしい。

「ねえ、文ちゃん」

「なんだよ」

「もう、やめようよ。あんなこと」

「やめたきゃ、やめろよ。出てってくれてもいいんだ。別におかまと組まなきゃできねえ商売じゃねえんだぜ。ほら、出ていきな」

と、釜三郎を押すようにした。

「押さないでよ」

哀れな声で言った。

「金だけ出して、人を使い、儲けを吸い上げるやつらだ。うまいやり方だ。楽して儲かるんだから。持ってるやつしかできねえ商売だ。なにを気にする必要がある。

ざまあ見ろってなもんだろうが」

詭弁《きべん》だが、日之助もそれを言えた義理ではない。

「いますぐって言ってるんじゃないよ。もうすこし経ったらだよ」

釜三郎はなんとも悲しげな顔でうつむいた。

——ベタ惚れなんだ、あんなケチな野郎に。

誠実な男が好きだと言っておきながら、このざまである。好きなはずの男や女と、好きになってしまった男や女は違っている。男と女の世界だけではなく、男とおかまの世界にも同じことはあるらしい。

「こっちも泥棒だ。突き出さねえだけ、ありがたく思いな」

と、日之助は胸のうちで言った。

第三章　猫が招くもの

一

「しかし、あんな間抜けな詐欺師がいるかね」

と、星川がまた笑った。

「まったくだよ。いまごろは泣きながら悔しがってるぜ」

源蔵もまだ腹を抱えている。

日之助は、にこにこ微笑んでいる。

厠の肥甕《こえがめ》の中に、変なものが落ちているのを日之助が見つけた。まだ、客が来ていないので、ほとんど使っていないからわかったのだ。

どうも巾着《きんちゃく》のようだった。

汚いが、気になるので、棒を使って拾いあげた。

それから井戸水を何杯もかけて、どうにか触ってもいいかなというところまできれいにした。まさに巾着で、つまみ上げると、ずっしり重い。中を開けると十五両出てきた。

考えられるのは一つだけである。

「釜三郎が逃げるまぎわに慌てていて落としたんだ!」

源蔵がそう言って、手を何度も叩き、笑い転げた。

「哀れなくらい馬鹿だな」

と、星川も呆れ、

「ほんとですねえ」

日之助も嬉しそうに笑った。もちろんこれは、しらばくれた笑いである。金子《きんす》を厠に落とすのにはためらいもあったが、やはりここがいちばん自然だった。

「消えたはずの軍資金十五両。これがもどってきたのは大きいな」

「これで仕切り直しですね」

「ちょうど酒の仕入れも決まったし……」

と、源蔵は言った。

ついさっき、おこうが酒を仕入れていたところがわかった。その酒屋の小僧が注文を取りにやって来たのである。渋谷の広尾町から来ていた〈八王子屋《はちおうじや》〉という酒屋で、下り物ではないが武州《ぶしゅう》の在でつくっているいい酒を扱っているらしい。

値段は一升五十文だが、おこうには四十五文で卸してくれていた。確かに店の値段とも符合する。

おこうは堅実な商売をしていたのだ。

「……あとは、女将が決まればすぐにも店は開けられるぜ」

「今日、会う人がどうかですね」

と、日之助が星川を見た。

「そうだな」

ちょうど女将になりたい女がいるというので、星川と源蔵が会いに行くことにしていたのだ。

ただ、星川が番屋の番太郎から聞いた又聞きの話ではっきりしないところが多い。とりあえず番太郎が使いは出してくれて、待ち合わせの場所と時刻は決まっていた。

「なんとか決まってくれるといいんですがね」

「まあ、これぱっかりはな」

いざとなれば、三人が交代でおやじをやろうかという話も出ている。料理などは誰かに習うしかないだろう。

「じゃあ、星川さん、行きましょうか」

二人は外に出た。

今日もよく晴れている。

星川と源蔵が出ていってまもなくである。

日之助が留守番しているところに、店の前に男が立った。

「今戸焼きをつくってる権助《ごんすけ》ですが」

「どうしました?」

「こちらはおこうさんの店ですよね?」

「ええ」

「ああ、よかった。こちらの女将さんに頼まれていたのを持ってきまして」

と言って、首にかけていた風呂敷包みを下ろした。

「頼んだというのは、いつ？」

まさかおこうの幽霊でも出たのか。

「十月の五日ですが」

ということは亡くなる十日ほど前になる。

「いま、ちょっと近くまで出かけてるんだが、預かれますか？」

亡くなったことは言いたくない。言うたびに哀《かな》しみがぶり返すし、上っ面の同情も見たくないからだ。

「構いませんよ。これですが」

と、風呂敷包みを解いた。

白っぽい猫の人形が出てきた。素焼きにかんたんな色付けがしてある。まっすぐ正面を向き、左の片手を上げているというおなじみの恰好だが、ふつうの招き猫とはなにか違う気がする。

「招き猫だね」

「そうなんです」

「お代は？」

「ええ。もう、いただいてます」

権助と名乗った男は、帰ろうとする。まだいろいろ訊きたいのだが、急いでいるらしい。

「あ、ちょっと」

「なにか？」

「今戸焼きってえと、浅草の向こうの？」

日之助の実家だった〈若松屋〉は浅草蔵前にあり、そこからだと今戸は近い。だが、じっさいには山谷《さんや》堀のところを左に折れる道ばかり通っていたので、まっすぐ今戸に行ったことはおそらく一度もない。

「そうです」

「こんな遠くまで配達するのかい？」

「いいえ。あっしの菩提寺がこの近くなんで、今日でよかったらお届けしますと言っておいたんです」

「もしもまた行くときに、今戸で権助さんと言ったら、店はわかるのかい？」

なにか訊きたいことが出てくるかもしれない。

「ええ。そこらで訊いてもらえばわかると思います」

権助はほかにも二つほど焼き物を持っていたが、それらは二つとも茶碗だった。

星川と源蔵は新堀川沿いに歩き、金杉橋を右に折れた。ここは東海道の一部でもあるにぎやかな通りである。ちょうど大名行列の最後尾にくっついていく羽目になった。

「なんだか変な話だよな」

と、星川が言った。懐手をして、考え込むように歩いている。

「なにがですかい？」

「十五両が厠に落ちていた」

「それのどこが？」

「釜三郎には、まだ酒代の十二両は渡していなかった」

「あ、ほんとだ」

「その前に釜三郎はすでに大金を持っていたことになる」

「変ですね」

「だろ？」

「てえことは、日之助が自分の金から補充してくれた？　責任を感じて？」

「あるいは、日之さんがてめえの手で金を取り返してきて、うまいこともどしたつもりになっているか」

「へえ」

源蔵は面白そうな顔をした。

「おこうさんがさ、日之さんは若いのに、奥行きのある男ですよって言ってた」

「おこうさんがね」

「おいらはそれを聞いたとき、ちっと妬《や》けたんだけどね」

「ああ、その気持ちはわかりますぜ」

源蔵はうなずいた。奥行きのある男。ずいぶんな褒め言葉ではないか。

「いま思うと、さすがだなと」

「おこうさんは人を見る目もありましたからね」

二人はしばらく、つらそうな顔をして歩いた。

「それにしても、どういうんだろうな、芝浜一の名物女将って」

星川がそう言うと、

「まったく聞いてねえんですか？」

源蔵は不安そうな顔をした。

「だって、紹介してくれたやつも、はっきり言わねえらしいんだもの。会えばわかるって」

「会えばわかるってえのは、だいたい危ないですね」

「やっぱりそうか」

「それと、名物女将ってえのも危ねえですぜ。あっしも瓦版をつくっているとき、何人か話を訊きに行きました」

「ほう」

定町回りも大勢の人と会う仕事だったが、源蔵にはかなわない。しかも、同心のように偶然の出会いではなく、会いたい人に会っている。だから、有名人とも大勢会っていた。

「百歳の女将ってえのもいました」

「あやかれるってんで、長生きしたいって客がいっぱい来るんですがね、ただ座ってるだけなんですよ」

「そりゃ凄いな」

「そうなのか」

「たぶん、百歳ってえのは嘘じゃねえでしょう。見るからに百歳でしたから。首筋に苔《こけ》が生えてたりして」

「おめえ、嘘は言うなよ」

と、星川は笑って言った。源蔵の話はいきなり冗談が混じったりするから、うっかり本気で聞いてしまったりする。

「ええ。それは冗談ですがね。でも、百歳らしく見えたのはほんとです。ただ、女将としてはどうなんですかね。女将というよりは置き物に近かったです。客の話も聞いているんだか、いないんだか。たまにこっくりうなずくくらいはします」

「ふうむ」

「酒は飲みます。いくらでも」

「強いのか」

「強いというか、なんというか。別にそれで機嫌がよくなって唄うとか、昔話をしてくれるとか、そういうのはないんです。ただ、飲むだけ。口先に持っていくとなんぼでも飲むだけ。なんだか、ほら穴に水まいてるようなもんでさあ」

「そういうんじゃ困るな」

「でも、自分でがばがば飲んでくれる女将は、売上も伸びますぜ」

「それは凄いらしいぜ」

「じゃあ、ちっとくれえ化け物が入っていてもいいじゃねえですか」

「そうかね」

「そういえば、剣戟《けんげき》女将ってえのもいました」

「なんだ、それは？」

「酔ってくると、いきなり刀を振り回すんです」

「危ねえな」

「だから、腕に自信がある侍しか行きません」

「なんか、源蔵の話を聞いてたら、会う気がしなくなったな」

「ま、期待しないで会うだけ会いましょうよ」

待ち合わせの水茶屋が見えてきた。すでに来て待っていた。

遠くからでも、その女の特徴はよくわかった。

「あれか」

「そうみたいですね」

「あれは、会えばわかるわな」

「会う一町前からでもわかりますよ」

「このまま帰るか」

「そうもいかねえでしょう」

二人の歩く速さが急に落ちていった。

二

星川勢七郎は、芝から一足先にもどってきた。こらえようとしても、どうしても笑いがこぼれてしまう。

「あれ、一人ですか？」

日之助が怪訝そうに訊いた。

「いや、源蔵も来たよ」

「どうでした、女将の候補は？」

「ああ、来てるよ」

「来てる？」

「いま、上ってくるところなんだ」

「上ってくるところ？　なんだかお天道さまみたいですね」

「かたちは似てるかもしれねえな」

「はあ？」

「源蔵が押してるんだ。そうしないと、こんな急坂は上れないんだとか」

「どういうことですか？」

「見ればわかるよ」

日之助は外に出た。

一本松坂のまだ下のほうを、ゆっくりと上がってくる不思議な丸いものがあった。

丸く見えるのは身体である。いくらなんでもお天道さまには見えないが、その丸さは常軌を逸していた。

「ははあ」

「凄いだろ」

後ろから星川が言った。

「ほんとに源蔵さんが押してますね」

「綱持ってって、日之さんも引っ張ってやったほうがいいかもな」

「それじゃあ牛でしょう」

日之助はぷっと噴いた。

「違うか？」

「似てますがね」

「乳もいっぱい出そうだぞ」

「たしかに」

「でも、客を魅きつけるのはほんとみたいだぜ」

「へえ」

「あの乳が」

「なるほど」

「さわると張り手を食らうぜ。気をつけなよ」

「さわりませんよ」

「源蔵の左の頬が赤いだろ」

「ほんとだ」

「売上もあがるらしいぜ。なにせ、自分もがばがば飲む。一升どころか二升近くは飲むらしい」

「あの身体だったらそうかもしれませんね」

女の後ろから源蔵がうんざりした顔をのぞかせた。

「ここまで来るのはまだかかりそうだ。入って待ってようぜ」

と、星川は笑いながら店に入った。

見ると、入口のわきに大きな招き猫が置いてある。星川たちが出かける前は、こんなものはなかった。

「これはどうしたんだい？」

「ああ、おこうさんが頼んでおいたものだそうです」

「招き猫を？」

「特注の今戸焼きだとか」

星川はそっと持ち上げてみた。

「ん？」

ふつうのものより重い気がする。もっとも招き猫など、そう何匹も持ったわけではない。

「今戸でわざわざ？」

「そうみたいです」

「いつ、頼んだんだろう？」

「ひと月前だそうです」

「火事の十日前か」

星川は考え込んだ。

——もしかしたら、誰かが持ち出させようとしたものと、この招き猫は関わりがあったのではないか。狙われているものを、おこうはあらかじめ、この招き猫に隠しておいたりしたのでは……？

「ああ、こんなところまで来ちまったよ」

と、戸口のところで声がした。

入れるかなと心配になるほど肥えた身体が現われた。

案の定つかえたが、ぎゅっと押し込むように入ってきた。

顔立ちはなかなか愛らしい。鼻が丸く、目が悪戯《いたずら》っぽく笑っている。肥っているのに驚いても、嫌な感じを持つ者は少ない――日之助はそう思った。

「お栄《えい》さんだ」

と、源蔵が言った。

「日之助です」

「ああ、日之助さん。お水ちょうだいよ」

汗が滝のように流れている。

日之助が水甕《みずがめ》から汲《く》み出そうとすると、

「あ、茶碗なんかいらない。柄杓《ひしゃく》で」

そのまま柄杓を受け取り、ごくごく飲み干す。

「あたし、坂道って苦手なんだよ」

「どうしてですか？」

「転がるからだよ。ごろごろ転がり出すと、止まらないんだよ」

まんざら冗談に聞こえない。それくらいの体型である。

「どうせ訊きたがるだろうから先に言っとくよ。三十貫目《かんめ》（およそ百十三キロ）にちょっと足りないくらい」

「へえ」

背は小さいのに三十貫目は凄い。

この前、顔を出した林という武士も肥えていたが、あの人は背丈もあった。お栄のほうは五尺（およそ百五十センチ）に一、二寸足りないくらいで、まさに真ん丸である。

「なんでも訊いとくれ。とりあえず、ざっと言おうか。歳は三十七。一度、大工の嫁になったけど、大飯大酒で別れてくれと頼まれてさ。そのあと、女相撲に入ったよ。強かったけど、大関まではなれなかったね。前頭《まえがしら》の筆頭が最高だった」

「四股名《しこな》は？」

と、源蔵が訊いた。

「言いたくないね。ま、いいか。乳ノ谷《ちちのたに》。ほら、笑った」

「すまねえ」

源蔵だけでなく、星川も日之助も笑ってしまった。

「そのあとは飲み屋の女将を何軒かやったよ。この前までやってた芝の店はよかったんだけどねえ、店のあるじが隠居して田舎に引っ込むなんて言い出したのさ。夜まで起きてると頭が痛くなるんだと。いっしょに行こうと誘われたんだけど、あたしはやっぱり江戸の町で、まだまだ飲んだくれていたいやね。それで、やめたってわけ」

「残ってくれて助かったぜ」

と、源蔵が言った。

「じゃあ、今日から始めるかい」

お栄は言った。

「え、今日から？」

日之助はちょっと慌てた。

「酒はあるんだろ？」

「ええ。まもなく持ってくることになってます」

「酒があって、女将がいたら、飲み屋なんかどうにでもなるんだよ。なに、まだやるなって言うのかい？」

女将がそう言うと、

「いや、女将がそう言うんだ。開けようぜ」

と、星川が賛成した。

「よし、そうしよう」

源蔵も勢いよく言った。

「とりあえず、今日のつまみは奴《やっこ》と佃煮《つくだに》がありゃあいいだろ。買ってきておくれ」

「じゃあ、わたしが」

と、日之助が立ち上がって出ていった。

それから、お栄は二階を見に階段を上っていった。階段だと手をつけるので、坂道よりまだましらしい。

布団はあるが、火鉢は釜三郎が処分してしまったので、あとで買ってきておかなければならない。

「あたしは、布団は先に敷いておくのさ。いつも飲んだくれて、ばたんきゅうってことになっちまうから」

「なるほどな」

と、源蔵は笑った。

「広さは充分だね。階段も狭いけど、しっかりしてるし、申し分ないんじゃないの」

「あと、入り用のものがあったら言っといておくれ」

「うん、いますぐというのはないと思うよ」

二階につづいて一階を見回した。

こっちも表情からして満足そうである。

すぐに棚の上の、おこうがつくった招き猫を見つけて、

「おや、かわいい招き猫」

と、指差した。

「どうしたんです、あの猫は？」

と、源蔵が小声で星川に訊いた。

「おこうさんが頼んでおいたらしい。火事の十日前に」

「まさか、あれに?」

源蔵も星川と同じことを考えたのだ。おこうが持ち出すだろうと思われたものが、この招き猫に隠されているのかもしれないと。

「わからねえな」

星川は首を振った。

招き猫を正面から見ていたお栄が、

「あれ?」

首をかしげた。

「どうしたい?」

星川が訊いた。

「この招き猫、変」

「どこが?」

「招き猫って、ふつう右手を上げてるよ。これ、左利き」

「なに？」

星川と源蔵が顔を見合わせた。

三

暮れ六つになって、店を開けた。

のれんをかけ、酒という文字が書かれた提灯に火を点した。

入口の両脇には盛り塩もした。

ひと月ぶりである。

ただし、ひと月前は、これらはみな、おこうがしていた。

三人ともそれを思って、切なくなった。星川が入口に向かって合掌すると、源蔵と日之助もそれにならった。

「あれ、店、開けたのかい？」

「おこうさんの弔い酒でもやるか」

「なんだよ、中もまったく同じだな」

前からの常連たちがのぞきに来た。

その連中がほかの常連を呼びに行ったりしたので、半刻もしたら、十二、三人の客で店はいっぱいになった。

「新しい女将は凄いねえ」

「得意技は下手投げ？」

「その胸で眠りたい」

などと言われている。なかなか評判もいいようである。

自然と三つくらいのかたまりに分かれて、話に花が咲いた。

いちばん入口近くに陣取ったのは、星川と日之助と、前からの常連でちあきという若い娘と、これも常連だった近くの湯屋の出もどり娘。

そのうち、招き猫が話題になった。

「招き猫って、本来は右手を上げているんだってな？」

と、星川が言うと、

「招き猫の左利きなんか別に珍しくもないわよ」

湯屋の出もどり娘が反論し、

「変な招き猫はいっぱいいるわよ」

と、ちあきが言った。

「変な招き猫だと？」

「そうだよ。いま、うちにあるやつなんか、めちゃくちゃ変だよ。あたしんとこの持ってきてやるよ。気味が悪くて」

「じゃあ、ちあきちゃん。あたしんとこからも持ってきてよ。番台の後ろに古いのが二つ置いてあるから。あれ、もういらない」

「わかったよ」

と、出ていった。

星川はちあきを見送って、

「あいつ、あいかわらず腰が軽いな」

と、感心した。おこうにも何か頼まれごとをすると、喜んでひょいひょい出かけたりしていたものである。

もっとも若いということもあるのだろう。歳はまだ十八くらいではないか。坂下あたりの家で、金持ちの妾《めかけ》をしていたはずである。

蓮《はす》っ葉《ぱ》だが、気はいい。おこうもたしか、「いい子よ」と言っていた。

ちあきがいなくなると、星川と日之助の前には、湯屋の出もどり娘が一人だけになった。星川などはなんとなく気づまりな感じなのだが、出もどり娘はそう気にするでもなく、にこにこして飲んでいる。

この湯屋の娘は歳は二十五くらいだろう。たいそうな美人である。

日本橋の大店に嫁に入って半年ほどで出もどってきたのだが、その理由は誰も知らない。向こうの若旦那に熱烈に望まれて嫁に行き、慰謝金として千両箱がついて送り返されてきたらしい。

いったいなぜ？　その理由は親もわからないらしい。いまでは、麻布十番界隈の七不思議の一つとされている。

ただ、おこうはたぶん、出もどった理由をこの娘から直接聞いて知っていたはずなのである。

たいして話もせず、一人で一合を空けるくらいの時間が過ぎて、ちあきが帰ってきた。

「これだよ」

ちあきは抱えてきた三つの招き猫を、おこうの招き猫のわきに並べた。

「ほら、これ、うちのやつ」

と、ちあきは三毛の招き猫を指差した。

「ほんとに変だな」

と、日之助が言った。

「でしょ」

招き猫にしては本物の猫に似すぎている。焼き物だが、精巧に色がつけられ、目にはギヤマンの玉が嵌《は》め込まれている。

そっくりすぎて、人形の愛らしさがない。

「これとそっくりの猫もうちにいるんだよ。それに似せてつくったんだもの」

「そんなに可愛がってるのか？」

と、星川が訊いた。

「ぜんぜん可愛がってなんかいないよ。二階に閉じ込めて、逃げないようにしてるだけ」

「ほう」

　おかしな話である。

「なんでこんなものつくる必要があるんだろうね」

　と、ちあきも首をかしげた。

　四つ並べると、どれもみな違う。上げた手の左右も違えば、恰好も違う。色、大きさ、表情もばらばらである。

　左利きも湯屋から持ってきたほうの片割れがそうだから、たしかに珍しくはないのだろう。

「星川さん。こうやって見ると、おこうさんの招き猫はぜんぜんおかしくないですよ」

　と、日之助が言った。

「そうだな」

「ということは、とくに意味も秘密もないのでは？」

「意味もなく、わざわざ今戸で頼むか？」

「観音さまにお参りに行ったついでかなんかで」

「ううむ」

と、星川は唸った。

二人のやりとりを聞いていたちあきは、

「ねえねえ、中になにか入ってるんじゃないの？」

と、言った。

「割ってみますか？」

日之助が星川に訊いた。

「割ったら元にはもどらねえよ」

「おこうさんの願いごとを割るような気もしますしね」

「つくったやつに訊けばいいんだ。どこが違うのか。中になにか入れたのかを」

「では、わたしが今戸に」

「いや、その手の調べはおいらにまかせな」

と、星川が言った。

翌日――。
星川勢七郎は浅草の奥の今戸にやって来た。

昨夜は大盛況で、星川たち三人は明け方になって、ふらふらしながら坂を下った。当然、今朝は二日酔いで、ひどい頭痛がしていた。山谷堀のところまでは舟で来ようかと思ったが、揺られると吐きそうで、静かに歩いてきたのである。

おかげで吾妻橋を渡るころには、だいぶ体調はもどり、川風が心地よく感じられるくらいになっていた。

ここらは焼き物師や瓦師の家が多い。

ところどころ窯《かま》から煙が出ている。

そのうちの一つの窯に近づき、作業をしている男に訊いた。

「焼き物師の権助の家は？」

「そこだよ」

すぐ隣りを指差した。

家の半分ほどは屋根だけがあり、下は吹き抜けの土間になっていて、男が土をこねていた。

「権助かい？」

「へえ」

「昨日、わざわざ麻布まで届けてくれた招き猫のことで訊きてえんだ」

「ああ、はい」

うなずきはしたが、怪訝そうである。

「あの招き猫は変わったやつなのかね？」

「変わったやつ？　いや、そんなことはないでしょう」

「だが、特別に注文したりするんだろうが？」

「そういうものはありますよ。そば屋が店に飾るから、首のところから鈴でなく十六文をぶら下げるようにしてくれとか」

「ああ、なるほど」

ぶっかけそばの値段はたいがい十六文である。

「このあいだは、猫が嫌いだから、犬にしてつくってもらえねえかという注文も来ました。招き犬ですよ」

いろんなやつがいるものである。

「あの招き猫はどういう注文だったんだ？」

と、星川は訊いた。

「あれは、元のかたちを、女将さんが自分でつくったんですよ。それをうちの窯で焼き上げただけです」

「そんなことやれるのか」

「ほら、あっちにもやってる人が」

作業場の隅で招き猫をかたちづくっている女が二人いて、弟子たちなのかと思っていたら客だったらしい。

「ほんとだ」

と、星川はそばまで見に行った。

女たちは見られても恥かしがることはなく、黙々と人形をつくっている。

「これなんか、猫が両方の手を上げてるでしょ。こっちの猫の顔を見てください。恐ろしい形相をしてますでしょう」

と、権助が後ろから言った。

星川はうなずきながら、つくっている女の顔を見た。とくに恐ろしい顔をしているわけでもなさそうだが、こういうものは心の中がにじみ出るのかもしれない。おこうの招き猫は、どことなくにこやかな顔だったので安心した。

「このほかにも尻尾がやたらと長かったり、着物を着ていたりと、ほんとにさまざまです」

「あの招き猫は、ちっと重いような気がしたぜ」

「では、土をいっぱい使ったんでしょうか。あっしもつくるところをずっと見てるわけじゃねえもんで」

「中になにか入ってるってことはねえかな？」

と、星川は訊いた。ちあきもそう言っていた。

「中に？」

「そう。大事なものを隠すんだよ。金とか、書き付けとか」

「ははあ。以前、一人だけそういうことをしたいと言ってきた人がいました。借金の証書を隠したいと。でも、焼き物ってえのは恐ろしく熱い炎で焼き上げるんですぜ。中に隠したって全部焼けてしまいますよ」

「でも、土は焼けてなくならねえだろうが」

「そりゃそうです」

「だったら、土に書いたものを隠してたとしたら？」

「はあ、なるほど」

権助は感心したが、星川は自分でもそれはないだろうと思った。

四

岡っ引きの清八は、今日も麻布界隈を歩きまわっていた。

足取りはひどく重い。身体全体がどんよりして、熱を持っているみたいである。

知り合いに会うたび、

「大丈夫ですか。顔色がよくありませんぜ」

と言われる。

だが、家で横になっているよりはましな気がする。重い足を引きずり、汗をだらだらかきながらでも、こうやって外にいるほうが、身体に回復力がよみがえってくる気がする。家で寝ていると、疲れはしないが、底無し沼に沈んでいくような、嫌な気持ちになってくるのだ。

——これで酒さえやめられたら……。

酒びたりの人生だった。だが、酒が悪いことだけをもたらしたわけではない。悪い連中とやり合うときも、酒のおかげで胆が据わったときも何度かあった。手柄を立てたあとの美酒も最高だった。

ただ、量が多すぎた。

通った飲み屋も悪かった。常連なのに止めるということはしない。しこたま飲ませて、取れるだけ取ろうという魂胆の飲み屋ばかりだった。

星川の旦那たちが通っていた飲み屋というのは違ったらしい。

いい酒を、おいしい肴で飲ませ、ほろ酔い加減くらいでやめさせる。静かに一日を振り返り、しんみり話をし、明日への英気を養ってから店を出る……そういう飲み屋だったらしい。

——そんな店の常連になっていたら、身体もここまでは毀《こわ》さなかっただろう。

いま、清八が探し歩いているのは、その店といっしょに焼けた八軒の家の住人たちである。

八軒のうち、一軒は空き家だった。四軒の住人はあの近所にいて、建て替えを始めたり、別の家を借りて商売を再開したりしている。あとの三軒の住人は別の町に引っ越してしまった。

その住人たちに、火事があった日のことを訊いてまわっているのだ。

ほとんどの人たちが、何もおかしなことはなかったと答えた。

唯一、おかしなことがあったのは、おこうの店の二軒隣りの空き家だった。

その家は、おこうの家の大家とは違い、近くの寺の持ち物だった。その寺に、法事で親戚の集まりがあるので、二日だけでいいから貸してくれと頼んできた者があった。

申し出た借り賃が、店賃《たなちん》の半月分にもあたる額だったので、貸すことにした。

当日、使ったかどうかはわからないという。

貸してくれと言ってきたのは、六本木町の八百屋だというが、その八百屋も見つからない。

おかしな話だった。

さらにおかしな事実に突き当たった。

この界隈を縄張りにしている岡っ引きの茂平が、全然調べていないのである。大家である寺で、「そのことは、調べている町方の者にも話しましたよね？」と尋ねると、なにも訊きに来ていないという。

寺だから遠慮したのかと思ったが、これくらいのことを遠慮していたら、江戸の町の事件などなにも解決できない。

おかしいと思って、これまで話を訊いた大家たちにもう一度、確かめた。すると、おこうの家の大家にすら話を訊いていなかったのがわかったのである。

両隣りの住人と火消し衆、それと火事に駆けつけた野次馬たちくらいに適当に訊き込んだだけなのだ。

――なぜだろう？

へちまの茂平は、岡っ引きとして腕が悪いわけではない。度胸もいいし、ここぞというときはしつこく食いさがるとも聞いている。

――もしかしたら、知っていた？

火事のあった当日、おこうの店の二軒隣りの家を二日だけ借りた男がいた。

星川が推測したとおりだとしたら、おこうが逃げるところを見張っているやつがいなければならない。

その男が見張り役だったのではないか。

もしも、おこうがなにかを持ち出して避難したら、それを強奪する。

茂平は、そいつを捕まえない。なぜなら……仲間だから……。

清八は寺にもどり、空き家を借りた男のことをなんとか思い出してもらった。

「歳のころは？」

「若くはなかったです。四十前後くらい……」

「顔や身体に特徴は？」

「眉毛が短かったですかな」

「短い？」

「付け根からこめかみのほうに伸びる途中で、急に薄くなるんです。だから、眉毛が半分しかないみたいに見えました」

いい特徴である。

一つずつ詳しく訊き出していく。わけて訊くことで、記憶は次第に取りもどされていくのだ。

「目は？」

「たぶん大きくもなく、小さくもなく」

「鼻は？」

「すこし大きめでしたか」

「口も？」

「口は覚えてませんね」

「身体は大きかった？　肥っていた？」

「痩《や》せて大きかったです。あ、それと、左手だったと思いますが、手首のあたりに火傷《やけど》の痕がありました」

「声は？」

「そう特徴はなかったですね。高いとか低いというのは感じませんでした」

「ヤクザっぽかったりしましたかい？」

「いや、そんな感じはなかったです。大店の手代と聞いても、なにも不思議には思わなかったでしょうね」

坊主はそんなふうに思い出してくれた。

これだけで探し出すのは難しくても、だんだん絞り込んでいったとき、かならず役に立ってくれるだろう。

おこうの店の前を通った。昨日の夜から開けたらしい。繁盛しているのかどうか、今宵あたりもう一度、来てみようかと思った。

だが、皆が飲んでいるところで、飲まずに過ごすことができるだろうか。

——やっぱり酒はやめなくちゃならねえぞ。

と、清八は自分に言い聞かせていた。


昨夜の客は皆、飲みすぎで帰ったため、つづけて来たのはちあき一人だった。やっぱり若いだけあって、回復が早い。

「ねえ、星川の旦那」

「なんだよ」

「あれから大騒ぎだったんだよ」

「なにが？」

「うちの旦那が帰ってきてから、猫の人形が失《な》くなったって騒ぎ出してさ。お前、持ち出したのかと凄い剣幕で訊くから、あたし知らないよってしらばくれてた」

「そんなに怒ったのか？」

「あいつ変だよ。たかが招き猫のことであれほど怒るなんて。だから、今日もそっと抜け出してきたんだ」

「これがよほど大事なのかね」

と、星川は三毛の招き猫を見た。

「そう言えば、この前は黒猫の人形もあったっけ。一昨日《おととい》の夜、酔っ払ったとき、もうひと儲けするとか言ってたのは、これと関係あるのかな」

「もうひと儲け？」

「うん。なんか、怪しいよね。そういえば……」

「なんだよ？」

「一ノ橋の手前に、なんだかよくわからない神さまがあるんだよ」

「ああ、あるな」

「あそこでうちの旦那が誰かとこそこそ話をしてたっけ。祠《ほこら》をのぞいたりして、変な感じだったよ」

「ほう」

「あそこでなんかやらかす気かな？　おとなしく易者やってりゃいいのに、歳のせいか川風が冷たいなんてぬかしてるからなあ」

「ちっと待てよ、ちあき。おめえの旦那って、易者か？　まさか、あの二ノ橋のところに出る易者か？」

「あ、そうだよ」

「けっこう年上だろ？」

「うん。五十は、いってるかも」

「あいつか……」

星川は次の言葉をいったん飲み込んだ。

あの易者は前から目をつけていた。星川が麻布界隈を担当していたときは、赤羽橋あたりで商売をしていた。そのころ、近くで押し込みがあったのだが、あの易者がなんらかの役割を果たしたのではないかと睨んでいたのだ。

結局、下手人《げしゅにん》は見つかり、逃亡する際に抵抗して斬られてしまった。そのため、仲間の名は出ずに終わったが、星川は疑念を残していたのだ。

「うちの、怪しいでしょ？」

と、ちあきが訊いた。

「まあな」

「遠慮しなくていいよ、旦那。あたしも最近、あいつと別れたいって思ってんだから」

「そうか。だったら正直に言うが、あの男は危ないな」

「やっぱり」

「その猫の話もなんかありそうだ。でも、明らかにしたらまずいだろう？」

「どうして？」

「食わせてもらってんだろ？」

「かまわないよ。あたしは易者といっしょにいたら、災難も避けられるかと思ったけど、いんちき易者じゃやね」

「じゃあ、ちっと調べさせてもらうぜ」

とは言っても、星川はもう同心ではない。後始末は面倒になる。

——どうしよう？

と思ったとき、戸が開いた。

永坂の清八がすこしふらつくようすで入ってきた。

「おい、清八。飲んできたのかい？」

「すみません、旦那。旦那の店では飲まずにすまそうと。だったら、その前にちっと飲んでおいたほうがいいと思いまして……」

目の前にいるのは、ただの酔っ払いだった。

五

星川は目が覚めると、身体がすっきりするまで水を飲み、昨夜のことを思い出した。

清八がつかんできた話はきわめて重大なことに思われ、途中から源蔵と日之助にも聞いてもらった。

岡っ引きの茂平が付け火にからんでいるらしいというのだ。

「慎重に動けよ」

と、清八には何度も注意した。

だが、おこうのなにかを狙っているのが町方だったとしたら、そうそう乱暴なことは逆にやりにくい。そのため、ああしたおかしな付け火をし、あげくにとんでもない事態を招いた。腑《ふ》に落ちる感じはする。

「おこうさん。仇《かたき》を取ってやるからな」

星川はそっとつぶやいたのだった。

だいぶ頭もはっきりしてきて、星川は立ち上がった。

井戸端で顔を洗い終えると、腹が減っているのに気がついた。昨夜は酒だけで、飯はまったく口にしていない。

といって、いまから飯を炊くのも面倒である。そば屋もまだだろう。

十番馬場の近くにある飯屋が朝早くから開けているはずで、そこで食うことにした。

一ノ橋の近くまで来ると、昨夜の話に出たよくわからない神さまというやつを思い出した。ひとつ路地を入ったところだったはずである。

――あ、これだ。

星川の腰くらいの高さの祠で、前が格子戸になっている。カギなどはなく、引っ張れば開くだろう。

かなり古びたもので、最近できたというものではない。江戸のいたるところにあるお稲荷《いなり》さんではなく、田舎の道端にある道祖神《どうそじん》のようなものらしい。

中をのぞくと、一尺（およそ三十センチ）くらいの石が祀《まつ》ってある。

この前でしばらく考えた。

——ん？

怒ったような声がした。

道のほうを見ると、見覚えのある例の易者と、人相のよくない地回りふうの男がこちらにやって来るところだった。

星川はくたびれて休んでいるふりをして、ちょっと離れたところの木の根元にしゃがみ込んだ。

二人は祠の前に来ると、話しはじめた。

声をひそめているので、よく聞こえないが、

「なしでやってもいいんじゃねえのか？」

「そうはいくか。口先だけじゃ婆《ばば》あも信じねえ」

そんなやりとりは耳に入った。

ふと、易者が顎をしゃくり、隣りの家の二階をちらっと見て、顔をそむけた。

その二階の窓に七十くらいの婆《ばあ》さんが現われ、外に向かって、

「ちろ、ちろ」

と、大きな声で呼んだ。

すると、易者は顔を上げ、

「ご隠居さま。こちらもよく拝んだほうがいいですよ」

と、やさしげな声をかけた。

「え？」

手のひらを耳にあてた。耳が遠いらしい。

「こっち、こっち。これも」

易者は拝む手つきをした。

「ああ、拝んでるよ」

「大丈夫ですよ。帰ってきますから」

易者はそう言って、いっしょに来た男と引き返していった。

婆さんのほうも、しばらく外を眺めていたが、一つため息をついて、奥に引っ込

んでしまった。

　こうした光景を見ていた星川は、

「ほほう」

　と、面白そうにつぶやいた。

　それからしばらく、しゃがんだまま何か考えていたが、

「悪い野郎だぜ」

　そう言って立ち上がった。

　清八にも話してやることにして、永坂の家に向かった。やはり、清八は身体のためにも、捕り物で動いているべきだった。

「どうだった？」

　と、星川はちあきに訊いた。

「旦那の言ったとおりだったよ。ちろ、ちろって呼んだら、みゃあおってちゃんと返事したよ」

「やっぱりそうか」

と、星川は手を叩いた。

さっき、飲みにやって来たちあきに、

「変な猫の謎《なぞ》を解いてやるから、一つだけ確かめてこい」

と、いったん家にもどらせたのである。

案の定であった。

「あれはやっぱりろくでもねえ詐欺に使うつもりだったんだ」

星川がそう言うと、女将のお栄や源蔵や日之助ばかりか、店の中の客までもいっせいにこっちを見た。

店を開けて今宵が三日目である。

いまはちあきも入れて客が六人。一人は湯屋の出もどり娘で、もう一人は林洋三郎だった。

いいところだろう。一晩にせいぜい十人ちょっとくらいだとおこうも言っていた。いまだって星川たちを客としたら九人入っていることになる。

最初の日が祭りのようなもので、だんだん落ち着いてくればいい。それは三人とも共通した望みだった。

「なんだい、詐欺って？」

と、お栄が訊いた。源蔵と日之助はだいたい知っているが、お栄は酔客の相手で
それどころではなかったのだろう。

星川はいままでの話をざっと説明し、

「ここから先は、おいらの想像だぜ……」

と、語り出した。

「まず、その金持ちの婆さんは猫を可愛がっていて、猫がいるから生きているくら
いに、自分でも言ってたし、易者にもそんなふうに言われたのさ」

「易者って？」

と、ちあきが訊いた。

「そう、おめえの旦那。もし、いまの猫がいなくなったり、変な死に方をしたら、
婆さんの商売も、これからの運勢もすべて駄目になると。それくらい脅すのさ」

「ひどいね」

と、ちあきはつぶやいた。

「それからしばらくして、猫がいなくなる。猫はさらわれて、易者の家にいるわけ

だよ。猫がいなくなって、婆さんはがっくりだ。さて、ここからがこの招き猫の出番だ」

　星川がそう言うと、皆、三毛の招き猫のほうを見た。

「まず、易者がおめえの家の隣りにある祠を拝めと。婆さんは拝むよな。それで数日経つと、祠の中に猫神さまが姿を現わすのさ。それがこれだ。おめえの猫が生き返ろうとしているとかなんとか、そこらは易者はうまく言うさ」

「ははあ」

「いきなり猫をもどしてしまったら、一文にもならねえ。この手の話は、いったんあいだになにか入れて、それが金のもとになるのさ」

「…………」

　皆、なるほどというふうにうなずいた。

「婆さんは嬉しくて、ますます必死になって拝む。そこで易者がまた占う。これだけの金を寄進すれば、猫神さまは生き返る。猫が生き返れば、悪い雲行きは去っていき、今度は長い幸せが訪れるだろう、と」

「ひでえ」

と、日之助が言った。

「ずいぶんな金は取られるが、まあ、猫は帰ってくる。なんのことはねえ、ちあきの家の二階に隠した猫を持っていき、祠の中の猫が無くなればいいだけのこと」

「詐欺じゃないの」

ちあきが憤慨して言った。

「そう。詐欺だよな」

と、星川は笑った。

まだ裏付けはないが、星川は自信がある。たぶん、ちあきが言った前の黒猫の件を当たれば、裏付けも得られるだろう。

「凄いですな、あなたは」

と、林洋三郎が言った。

「なあに、どうってことは」

褒められると、星川は照れる。だが、嬉しい。

「町方の同心だったのでしょう」

「こんな事件を調べたことはなかったがね」

「だったら、なおさら凄い。いやあ、素晴らしい」

林はまだ感心している。

「じゃあ、星川さん。こっちの謎も解いてあげなよ。前の女将の形見」

と、お栄がおこうの招き猫を指差した。

「おこうさんの形見なのですか？」

昨日は来ていなかった林洋三郎が目を瞠った。

「形見ってほどのもんじゃねえだろうが」

と、源蔵は言ったが、ほかはすべて焼けてしまった。犬、猫のほかにはこれくらいしか残っていない。

「ほう。これはそういうものなのですか」

林が手に取った。

指の先まで肥っていて、いかにも不器用そうである。

――危ねえな。

と、星川が思った矢先だった。

「あ」

招き猫が林の手から落ちた。土間の上で、ぱかっ。

と、割れた。胴のあたりで真っ二つ。

「しまった」

「あ」

星川が拾いあげた。中にはなにもない。空洞。秘密も思い出もない空っぽ。

やはり、ただの気まぐれだったのだろう。

「弁償させてくれ」

と、林が申し訳なさそうに言った。

「いや、いいですよ。これ、ほとんど二つに割れただけだから糊《のり》でくっつくんじゃねえか」

星川はそう言った。たぶん、おこうも同じように言っただろう。ものを選ぶときにはこだわりがあったが、所詮、壊れたり無くなったりするものだとも話していた。

「うん。大丈夫だよ」

と、お栄が手に取りながら言った。

そのお栄の指先もよく肥えていて、なんだかますます粉々にされそうで、星川は慌ててその招き猫を取り返した。

「ぶつかり稽古《げいこ》をやるか、みんなで」

と、女将のお栄が叫んだ。

「よおし」

いっしょに飲んでいた連中も勢いづいた。

ちあきがまだ残っていたが、林と湯屋の出もどり娘は帰り、ほかの客も入れ替わって四人になっていた。

「ほら、かかってこい」

「よおし」

一人が腰をかがめたまま、背の低いお栄に抱きつくようにした。

お栄はそれをぐっと引き寄せ、自分の胸に押しつけた。

「うっ、おっぱいで息が……く、苦しい」

客は土間に倒れ込んだ。だが、苦しんでいるというよりは嬉しそうである。

「凄いね」

と日之助は笑いながら呆れた。こんなに豪快な酔いっぷりは見たことがない。

「次は、外に出ろ。お前だ」

お栄は、ほかの客を指差した。気難しそうな顔をした五十がらみの武士である。

だが、武士も応じるつもりらしい。

「よく、いままで無礼討ちされずに来たもんだよな」

源蔵も呆れている。

「じゃあ、外で勝負だ」

と、武士が立ち上がった。刀はすでに刀掛けに預けてある。

「よし、いい度胸だ」

お栄は外に出て、まずは四股を踏み出したが、

「あっ」

体勢を崩したら、そのままごろごろと坂道を転がりはじめた。

六

「どうだった？」

もどってきた源蔵と日之助に、星川が訊いた。

「ヒビは入っただろうが、骨は折れてはいないらしい」

と、源蔵が答えた。

坂下までは行かなかったが、それでも十間（およそ十八メートル）ほど転がったお栄を、骨接《ほねつ》ぎまで運んでもどってきたところだった。

「今日は動かさないほうがいいから、あそこで寝かせるそうだ」

「まいったなあ」

「お栄も、もうあの坂は上りたくないとさ」

「…………」

星川は呆れて声も出ない。

また、別の女将を探さないといけない。

三人でうんざりしたような顔をしていると、

「あの……」

戸口から若い女が顔を出していた。

「今日はもう終《しま》いだよ」

と、源蔵が疲れた声で言った。

「そうじゃなくて」

娘はちょっとかすれた声で言った。

「なんか、用かい？」

「母がここで飲み屋をやっていると聞いたのですが」

「母って？」

「おこうという名で……」

「え」

三人はしばらく声もなかった。

おこうに娘がいたなんて、三人ともまったく知らなかった。

戸口からは十一月の冷たい風が吹き込んできている。

娘もどうしたらいいかわからず、同じ姿勢で戸口のところに立っている。

髪は、いちばん多い島田ではなく、銀杏返《いちょうがえ》しに結っている。黄色の縞木綿の着物に黒繻子《くろしゅす》の帯を、かんたんなおとこ結びにしている。近所からふらっと来たような恰好である。

荷物は風呂敷包みが一つだけ。襟巻《えりまき》もつけず、寒そうに身を縮こまらせている。

「ま、入って」

と、星川が声をかけた。

娘はおずおずと中に入ってきた。

樽に腰をかけた。

小柄な、愛くるしい顔をした娘である。

言われてみれば、目元におこうの面影がある。それと、輝くように白い肌と、すこしかすれた声も似ている。

「名前はなんて言うんだい？」

小さな子どもに訊くように、源蔵が訊いた。

「小鈴《こすず》と言います」

娘というより、姉妹のように見える。

「小鈴ちゃんは、いくつだい？」

と、星川が訊いた。

「あたしですか？　二十二になりました」

「え、おこうさんはいくつだったんだ？」

日之助が驚いて訊いた。

「あたしを産んだときは十八歳でした。だから、四十」

「四十になっていたのか、おこうさんは」

三人とも、せいぜい三十三、四くらいと思っていたのだ。

「母はどこに？」

答えなければならないだろう。

「じつは……火事で亡くなったんだよ……」

と、星川が言った。

「どうしようもできなかったんだよ」

源蔵が呻くように言い、

「ひと月ほど前です」

日之助が悔しそうに言った。

長い沈黙があった。

小鈴は表情そのものが消えてしまったような顔で、土間の地面をじっと見ていた。伏せた目のまつ毛は長く、小さな肩が息をするたび、かすかに上下した。

どこかで犬がやけに吠えていた。風が強くなったらしく、家の隅が小さく鳴っていた。

「せっかく会いに来たのにな」

と、星川が言った。

「会いに来た？」

「違うのかい？」

「会いに来たと言えば、会いに来ました。知り合いの人から聞いたのです。深川から移って、いまは麻布の一本松坂で飲み屋をしてるはずだって。でも、皆さんは、たぶん、違う光景を想像してるんだと思います。母さん、会いたかった、とか言って抱き合う光景かなんかを。冗談じゃないですよ。十四のときに捨てられて、会いたかったなんて思いますか？」

「そういうもんかね」

星川は表情の裏を探るような目で小鈴を見た。

「十四ですよ。これから女になろうという微妙なとき。いちばん母親を必要とするときじゃないですか」

小鈴の目がつり上がった。

「ずっと待ったのかい？」

「いいえ、十七のとき、祖父母の家を出ましたから」

「おこうさんも連絡を取ろうとしたんじゃないかな」

と、源蔵が言うと、

「知りませんよ、そんなことは」

小鈴はそっぽを向いた。

「亡くなる十日ほど前なんだがな、おこうさんは今戸に行って、自分でかたちをつくった招き猫を焼いてもらったんだ。これなんだけどね」

と、星川は傍らの招き猫を指差した。

「おいらたちは、これに隠しごととか、なにか意味があったんじゃねえかと、いろいろ考えたりしてたんだが、わからない。でも、この招き猫があんたを呼び寄せたのかもしれねえな」

小鈴は招き猫に目をやっていたが、

「この招き猫がわからないんですか?」

と、訊いた。

「ああ」

星川がうなずいた。

「なにか意味があるんじゃないかと?」

「そうなんだよ」

「あたしはわかりますけどね」

「もうわかったのかい?」

源蔵は驚いた。

「ええ」

「教えてくれよ」

と、日之助が頼んだ。もっとも、当たっているかどうかはわからない。

「鈴が小さいじゃないですか。ふつうの招き猫と比べて」

「あっ」

「小鈴を招いているつもりでしょ」

「そうだったのか」

三人は声もない。

もう一度、招き猫を見た。

ほんとうだった。鈴はほかの猫と比べても明らかに豆粒のように小さかった。こんな小さな鈴には、意図がなければするはずがなかった。

おこうがこれに、小鈴との再会の願いをこめていたのは間違いなかった。

だが、小鈴の目には涙のひとしずくもない。

「もしかして、感動してるんですか？」

小鈴は怒ったように訊いた。

「あたしは、こんなものつくるくらいなら、そもそも家を出るなと言いたいですがね」

「……………」

「ふざけやがって」

と、小鈴は吐き捨てるように言った。


麻布一本松坂の上でつながる坂道に、暗闇坂と呼ばれる坂道がある。

北向きに下りる坂であるだけでなく、両脇を大きな屋敷に囲まれているため、昼なお暗い。そのためについた名だろうと言われている。

じっさい暗い。

ただ、いったん下りるとそのまま鳥居坂へとつづく道で、人の通りは少なくない。

もちろん、それは昼間の話で、夜は静けさに包まれる。

おこうの店に来ていた客も、帰りはこの坂を通らない。いったん一本松坂を下り、ぐるっと迂回《うかい》してから鳥居坂のほうへ向かった。

「あんな不気味なところ、通れるか」

というわけである。

この暗闇坂を下り切った右手に沼があった。名前はとくにないが、近所の者は暗闇坂から取って、暗闇沼と呼ぶ者もいる。ぐるりと回れば一町ほどの距離になるが、そう大きくはない。

麻布界隈というのは、坂だらけの土地だが、沼も多い。高台の土地でも、意外なところに沼があったりする。

湿地の沼というより、水が少しずつ湧いているらしい。

暗闇坂のわきの沼も、やはり湧水でできている。

大名屋敷などは、こうした沼を庭に利用し、趣きのあるものに造り直しているが、暗闇沼は造り直されたりはしていない。

かつてここらが麻布村と呼ばれ、閑散としていたころのなごりのように、いかにも沼らしい不気味なたたずまいのままである。

周りは雑木林になっている。水のおかげもあってか、よく育っている。

その木の陰に、二人の男がいた。

「なんでえ、こんなところで待ち合わせかい」

と、言ったのは、岡っ引きの茂平である。

「まったくだよ。この前の失敗を、倉田《くらた》さんがよほど根に持ってるんじゃねえのか」

男は顔をしかめた。

とうに陽は落ちている。あたりに人けもない。

男は小さな提灯を持っている。

その灯に浮かんでいる顔は、大店の手代のような、そつのなさそうな顔である。

眉が途中から途切れたようになっているのが、唯一、特徴的なところかもしれない。

「そんなこと言われたってな。だったら、もっと強引にやりゃあいいんだよ」

「でも、それは倉田さんには言えねえだろ」

と、男が言った。

「まあな」

うなずいたあと、茂平は目を通りのほうに向けた。

長身の侍がこっちにやって来るところだった。

「おい、倉田さんがおいでだぜ」

「ああ」

二人はちょっとだけお辞儀をするように腰をかがめて、倉田が来るのを待った。

「すまんな、こんなところで」

倉田は明るい声をかけてきた。

「いえ」

と、茂平が首を横に振った。

「話が済んだら、うなぎ屋にでも入るか」

「いいですねえ」

「御前《ごぜん》がひどくお怒りでな」

それも軽い調子で言った。

「は、御前が？」

「誰が考えたと」

「誰がというと、あっしとこいつとで」

「それが女を殺しまでしたのか」

「殺した？」

茂平は意外そうな声をあげた。

「死んだだろうが」

「でも、ご安心を。あれはもう、失火ということでカタがついてしまいます」

「そうか。では、うなぎでも食うか」

「そうしましょう」

茂平が先に歩き出した。

内心、ホッとした。やはり、付け火の追及を恐れていたらしい。

「むふっ」

と、後ろで噎《む》せたような声がした。

つづいて、ドサッと、重いものが倒れる音がした。

――ん？

茂平は何気なく振り向いた。

顔に凄まじい衝撃がきた。何があったのかもわからない。一瞬、首が飛んだような気がしたが、恐怖が湧く前に意識が消えた。

引きずられて、二人いっしょに暗闇沼に浸けられたことは、もちろん茂平は知らなかった。

第四章　食いものの恨み

一

日之助が一本松坂を上がってくると、店の前に星川勢七郎と源蔵が立っていた。大の男たちに、日にちを間違えて待ち合わせてしまったようなとまどったようすがある。

「あれ、どうしたんですか?」

「なあに、まだ寝てるみたいだから、待ってるのさ」

と、星川が照れた口調で答えた。

「戸を叩いて起こせばいいじゃないですか」

「疲れてるんだよ。寝かせてやろうぜ」

源蔵は日之助を叱るように言った。

源蔵にそんな思いやりがあるなんて、自分でも知らなかったのではないか。

「おいら、心配になって、昨夜は二度もここを見回りに来ちまったぜ」

たしかに星川は眠そうである。

「そうなんですかい。そういうあっしも一度、そこんとこまで」

源蔵がすこし下のほうを指差した。

「へえ、二人とも似合わないことをしたもんですね」

と、日之助は笑った。

「そりゃあ、おこうさんの娘だぞ。なんかあったら、おいらはあの世で合わせる顔がねえもの」

「しかし、驚きましたね。おこうさんにあんな大きな娘がいたなんて」

「ほんと、驚きました」

「それにしても、おこうさんが十四の娘を置いて出るかね」

「よほど、なんかあったんでしょうな」

「男の場合だったら、ほとんどは新しい女ができている」

と、星川は言った。

星川は同心時代、何度か失踪人《しっそうにん》となった夫捜しもやった。捜し当てた男の幸せそうな馬鹿面といったら……。女と別れて家に帰るよう説得するときは、子どもから玩具《おもちゃ》を取り上げるときのような同情を覚えたものだった。

「でも、おこうさんにそんな男の影は感じなかったなあ」

源蔵は首をかしげた。

「八年も前だからな」

「………」

日之助は正直わからない。

もどるにもどれなくなったのか。だが、それはあのおこうの性格にはふさわしくない筋書きであるような気がした。

二階の雨戸が開いた。

まぶしそうな小鈴の顔が現われ、晴れた空に向かって大きくのびをしたとき、

「あら」

こっちの男たちに気がついた。

「よう、眠れたかい？」

と、星川が声をかけた。

「ええ。ぐっすり寝られましたよ」

「そうかい」

あんな事実を知って、眠れなかったのではないかと心配した。憎しみもあったらしいから、それが衝撃をさまたげてくれたのだろう。

「お腹空《す》いてるんじゃないかい」

源蔵が手に持っていた包みを目の高さに上げた。

「おいらも」

「わたしも」

三人とも、小鈴の朝ごはんをつくって持ってきていた。

「いま、下の戸を開けますよ」

小鈴は笑顔で言った。

「昨夜はちょっと興奮して、ずいぶんひどいことを言ってしまったみたいです」

小鈴は樽に腰をかけ、三人を見回して言った。

「………」

三人は無言でうなずく。

「でも、本音なんです」

「そりゃあそうだと思うよ。でも、おいらたちにとっても、おこうさんが十四の娘を置いて家を出るってのは意外だったんだよ」

と、星川が言った。

「そうですか」

「なにがあったんだい？」

「わからないんです。その一年前に、父がいなくなったんです」

「そうなのか」

「父のほうの理由もわからないんです。つづいて、母でしょう。祖父母のところに行ったのですが、母の悪口ばかり言われて嫌になって」

「まあ、あまり一度に訊くと小鈴ちゃんもつらいだろう。まだ、しばらくここにはいてくれるんだろう？」

星川は断わられるのを怯えるような口調で訊いた。

「行くところはないので」

「いままでは、どこに？」

日之助が我慢できずに訊いた。

「いろいろです」

「五年間？」

「はい。あまり詳しいことは言いたくありません」

視線を横にはずした。

「あ、すまなかったな」

日之助は詫《わ》びた。

「この店を手伝ってくれる気持ちはないかい？」

と、源蔵が訊いた。

「それはちょっと、考えさせてください」

「じゃあ、まず朝ごはんを食べなよ」

日之助が縁台に小鈴の朝ごはんを並べた。

一人で二つずつつくってきたから、おにぎりが六つもある。

「まあ、こんなに」

「おいらのやつは、中に塩シャケをほぐしたやつがたっぷり入ってるぜ」

と、星川が自慢げに言った。

「おれのは食べやすいように海苔《のり》でくるんだよ」

源蔵は負けじと言った。

「わたしは竹筒にみそ汁を入れてきたから、まだ温かいと思うよ」

日之助はお椀を取りに立った。

「お三人ともいろいろ考えてくれたんですね」

「なあに……」

「こんなこと……」

「初めてしたかな……」

三人とも照れながらも嬉しそうである。

「では、ありがたくいただきます」

うまそうに食べはじめたところに、永坂の清八が顔を出した。朝っぱらから晩秋のかかしのように疲れた顔をしている。

「旦那、やはり、こっちに来てましたか」

「おう、どうした?」

「へちまの茂平が殺されました」

暗闇沼のほとりが、朝はちゃんと陽が差して、どこか清々《すがすが》しい気配を漂わせているのは不思議なくらいだった。

星川と清八が枯れ葉を踏みながら、沼の前までやって来た。源蔵と日之助は小鈴に付き添わせておいた。

「いよお」

星川は手をあげた。後輩の同心である佐野《さの》章二郎《しょうじろう》が来ていた。

佐野は三十二、三で、定町回り同心にしてはずいぶん若い。例繰方《れいくりかた》から抜擢《ばってき》された。直接、仕事をいっしょにしたことはないが、かなり優秀な男だと聞いている。

「どうも、星川さん」

佐野の顔が真っ青である。すでに吐いたこともわかる。うっとえずくような顔もした。

「茂平が殺されたと聞いてな」

「ええ」

「見せてもらってもかまわねえかい？」

「どうぞ」

池のふちに二つの遺体が引き上げられている。筵《むしろ》がかけてあり、それをめくって遺体を見た。

「ほう」

凄い斬り口だった。

茂平は頭が真っ二つに割られている。

もう一人のほうは、心ノ臓を突かれている。背中も斬られているみたいだが、わざわざひっくり返してもらうまではしない。

眉毛が短く、左手に火傷の痕があった。

二体とも、水に浸かっていたので、血はだいぶ抜けている。傷口なども剝《む》いた貝のような、白っぽい色合いだった。

「こりゃ、また」

後ろで清八がうんざりしたような声を出した。

「失礼」

佐野が後ろのほうに行って、木に寄りかかった。

また吐きたくなったらしい。

だが、もう、なにも出ないらしく、ふらふらしながらもどってきた。

「大丈夫かい？」

「こんなひどい殺しは初めてです。だらしないところを見せて、申し訳ありません」

「なあに、みんな、そういう思いをしてるんだよ」

ふっと、このところ無沙汰《ぶさた》している倅の喜八郎のことを思った。仕事のことでも忠告も教示もしない。ほんとに困れば相談に来るだろうとうっちゃっている。冷たい父と思っているか、鬱陶《うっとう》しくなくてちょうどいいと思っているか、自分ならあとのほうだろう。

「もう一人は誰だかわかったのかい？」

と、星川は訊いた。

「まだ、わからないんです。ここらの者ではないみたいです」

佐野は遺体から目を逸らしたまま言った。

星川は清八に目で合図をし、ちょっと離れたところに呼び寄せた。

「もう一人は、おこうの店の二軒隣りを借りたってやつだろうな?」

「ええ。間違いないと思います」

「付け火のことは話したかい?」

「いえ、誰にも」

「うむ」

星川は難しい顔でうなずいた。本当は言うべきかもしれない。だが、死んでしまったが、岡っ引きだった男が関わっている。どこで誰とつながるのか、わかったものではない。

「もうちょっと、黙っていようぜ」

「あっしもそのほうがいいと思います」

「奥が深そうだな」

隠居したあと、こんなことに巻き込まれるとは思ってもみなかった。

「やっぱり付け火がらみでしょうか？」

「だろうな」

「あっしが調べてまわっているのに気づき、口封じってことは？」

「わからねえ」

星川は、首を横に振った。だが、岡っ引きを始末できるというのは、よほどの覚悟か、力を持ったもののしわざではないか。

「おめえも、気をつけてくれよ」

「ありがとうございます」

「こっちを手柄に結びつけるまではたいへんだろうから、ほら、昨日話した例の易者の猫の詐欺」

「ええ」

「あれは確かめたが、おいらの推測で間違いねえ」

「あっしもそう思います」

「もう、しょっぴいても大丈夫だ」

「わかりました。じゃあ、早速、今晩にでも」

ひさしぶりの捕り物に、清八は嬉しそうな顔をした。

二

夜——。

今宵も暮れ六つを待って、店を開けた。

女将は無しである。日之助が調理場に入り、肴や酒の燗《かん》を受け持つことになった。ねじり鉢巻などして、すっかりその気である。ただ、味覚には自信があっても、つくるとなると別のことだそうで、

「そこらは大目に見てくださいよ」

と、端《はな》から言い訳をしていた。

最初の客は、ちあきだった。

元気がない。今宵、二ノ橋のところで天喬堂《てんきょうどう》が捕まることは聞いている。どうも前にやっていた黒猫の詐欺は、五十両ほどになっていたらしい。また、以前の押し込みのことでも、その関わりを証言する者が出てきそうだという。

情状酌量があっても、厳しい判決が下るだろう。

「複雑な気持ちだよ」

と、ちあきはうつむいた。

それはそうだろう。天喬堂とはしばらく男女の仲だったのだ。しかも、ちあきの話から悪事が明らかになった。

星川たちもちあきには同情している。

「明日からどうするんだ？」

と、源蔵が訊いた。

「まだ、なにも決めていないよ。店賃は払ってあるので、今年いっぱいはそこにいられるしね」

ちょうど、湯屋の出もどり娘がやって来て、途中から話を聞いていたが、

「ちあきちゃん。よかったら、うちで働けば？」

と言った。

「え、いいの？」

「いいよ。ちょうど婆ちゃんが二階の休息場の仕事がきつくなってきたとこぼして

るから、替わりを探そうと思ってたんだ」

湯屋の男湯の二階には、かならず休息場がある。ここで、菓子を売ったり、お茶を出したりする仕事がある。

湯屋の娘は、店の経営について発言力があるらしく、かんたんに請け合った。

「それは嬉しいよ」

「じゃあ、明日、おいで」

と、相談はまとまった。

二階から小鈴が下りてきた。気が向いたら下りてこいと言ってあったのだ。ちあきと湯屋の娘は、この子、誰？　というような顔をした。

「おこうさんの娘だよ」

と、星川が紹介した。

「えっ」

ちあきが目を丸くし、

「ほんとだ。似てる」

と、湯屋の娘は言った。

「似てるかね」

「目元と色が白いところ、それと柔らかそうな肌の感じ」

「何してたの？」

　と、ちあきが訊いた。

「いろいろ。ここんとこは人相を見てた」

「通りに座って？」

「ううん。一膳飯屋で働いていて、その店の隅でやったりしてた。そうしたらなんだか評判になって、大勢、訪ねてくるようになったりしてね。飯屋からは邪魔者扱いされてしまったんだ」

「つまり易者なんでしょ？」

「易じゃないんだよね、あたしのは。人の心を見て、相談に応じたりするんだよ」

「へえ」

「面白い」

　女たちは興味津々である。

「どうやって心を見るの？」

と、ちあきが訊いた。

「言葉を使うんだよ」

「言葉？」

「どういうこと？」

「まず、最初の言葉があるでしょ。そこから思い出す言葉を言うの。次はその言葉から思い出す言葉。そうやって、頭に浮かんできた言葉をどんどんたどっていくの。するとかならず自分がいちばん言いたくない言葉や場面にたどり着くんだよ」

「ほんとに？」

「なんか恐い」

「それがあんたたちの心の傷なんだよ。やってみる？」

「うん」

ちあきがやることになった。星川たちもなにごとが始まるのかと見守った。

「どこから始めてもいいよ」

「そう言われてもね」

「じゃあ……」

と、小鈴は目の前の皿を指差し、

「豆腐からやってみよう」

「豆腐？　豆腐ねえ……白い」

「うん、それでいいよ。じゃあ、白い、というとなにを思い浮かべる？」

「白い……ウサギ」

「ウサギね」

「次は……タヌキ……目玉……大きな目玉……姉さん」

そこでちあきはつらそうな顔をし、連想するのをやめて、

「姉さんのこと、思い出したくなかった」

と言った。

「うん。心の傷になってるんだね」

「あたしと違って、いい子なの。母さんにもかわいがられ、世間受けもよくて。でも、あたしは姉さんていい人間だと思ってない。それがつらくてね。家を出たのもそのことが原因だった気がする」

「そうなの」

「ああ、忘れてたのに、思い出しちゃったよ」

と、ちあきは笑った。

「でもね、そうやって自分の気持ちを知るってことは、たぶん大事なんだよ」

小鈴はちあきを慰めるように言った。

「凄いね、それ」

と、湯屋の娘も言った。

「そうかな」

「誰に習ったの？」

「習ったわけじゃないよ。いろんな人と話したりしていて気がついて、いろいろ試したりしているうちにわかってきたの」

「へえ」

「やってみる？」

「あたしはいいよ」

慌ててかぶりを振った。

と、そこへ――。

昨夜の客が来た。

前からの常連客ではない。最近、ちょっと下にある長屋に引っ越してきた飾りものの職人である。歳は三十くらいの独り身で、名前は留五郎《とめごろう》といった。生真面目そうだが、酔うといきなりだらしなくなる。

留五郎は入ってくるとすぐ、調理場の日之助に向かって、

「この店には、ひでえ客がいるぜ」

と、文句を言った。

「どうしたんだ?」

と、日之助が訊いた。

「昨夜、帰り道にいきなりおれの頭を殴っていったんだよ」

「うちの客が?」

「そうだろうよ。後ろから来たんだ」

「後ろから来たって、うちの客とは限らないぞ」

「殴ってから、食いものの恨みを思い知れと言ったんだぜ」

「食いものの恨み?」

「頭を抱えてうずくまったけど、はっきり聞こえたんだ。間違いねえ」

「ううむ、それだとうちの客か」

この坂の上に以前はそば屋があったが、火事で焼け、まだ店を開く気配はない。

そこから先の高台には、だいぶ先まで行かないと食いもの屋はない。

「だいたい、おれはここから上のほうには行ったこともねえ」

「へえ。すると、あいつとあいつか」

留五郎といっしょに飲み、そのあといなくなったのは二人だけである。

一人は背の高い、色が白い戯作者の見習いとか言っていた男。

もう一人は、背は小さいが筋肉質の真っ黒に日焼けした男だった。

「喧嘩でもしたのか？」

「してねえよ」

「じゃあ、どうして？　食いものの恨みなんだろ？」

日之助は怒ったように訊いた。じっさい、自分のところが原因になったみたいで、すこし腹が立っている。

「そんなこと、おれにもわからねえよ」

それを聞いていた小鈴が、

「面白そう。あたしが当ててあげようか？」

と、言った。

三

「まずたしかめるけど、留五郎さんは昨夜、誰かの食べものをもらったり、ケチをつけたり、こぼしてしまったりということはなかったんですね？」

「ああ、ないよ」

小鈴は、ほんとにそうかというように、星川や源蔵を見た。

「ああ、なかったよ」

「おれも気づかなかったな」

星川と源蔵は首を横に振った。

「では、留五郎さんがここで食べたのは？」

「昨夜の肴はたしか……」

初代女将のお栄は、つまみなんか奴《やっこ》と佃煮があればいいなんて言っていたが、いくらなんでもそれはないだろうと、日之助は麻布十番あたりを駆けまわり、ほかにも肴をそろえたのだった。

「結局、湯豆腐、鯛の刺身、漬物、奴、目刺《めざし》、それと茶漬けを出したね」

「あ、おれはそれ、ほとんど食いました。湯豆腐と奴はどっちも豆腐だから、奴は食ってなかったですがね」

「今日も同じものって出せます?」

小鈴が調理場の日之助に訊いた。

「出せるよ」

つくったのはお栄だったが、どれも特別なつくり方はしていない。ほとんど素材のまんま。沢庵のぶ厚さなんて笑ってしまうくらいだった。

湯豆腐。いちおうコンブで出汁《だし》を取っているが、ほかは何も入っていない。

鯛の刺身。ツマなどはない。ただ、皿に切り身が載っただけである。

漬物。沢庵と白菜だけである。

目刺。よく焼いたやつが三匹並んでいる。

茶漬け、といっても佃煮を載せてお茶をかけただけ。

この五つがならんだ。

「この店って、肴はこんなものなんですか？」

と、小鈴は笑った。

「急いで開いたからだよ。おこうさんがやってたときは、もっとちゃんとしたやつが出ていたよ」

「ふうん。あの人、料理は上手でしたからね」

「教わったりもしたんだろ？」

「まあね。でも、教わったのはほとんど忘れちゃいました。あたしのは全部、自分で考えたやつです」

「へえ。うまいのかい、料理は？」

源蔵がわきから訊くと、

「さあ、どうでしょう」

と、微笑んだ。いかにも自信ありげである。

「それより、この謎を解かなくちゃ」

小鈴は並んだ五つの料理をしばらくじいっと眺めた。

「ふうむ」

「なにかわかる？」

と、湯屋の出もどり娘が興味深そうに訊いた。

「考える方向を探ってるの」

「方向をね」

「ねえ、留五郎さん。それじゃあ、これを一つずつ食べてってってくれます？」

「酒も飲んでいいんだろ？」

「もちろん」

と、小鈴はうなずいた。

「小鈴ちゃんは飲めるのかい？」

と、源蔵が訊いた。

「正直言うと、お酒は好きです」

「おっ、頼もしいね。じゃあ、いっしょに飲みなよ」

と、酒を注いでやる。小鈴はそれをくいっと一口飲んで、

「ああ、おいしい」

かなりいける口らしい。

留五郎は食べはじめている。

「見られてると思うと、照れるね」

「変な食べ方はしないでくださいよ。いつもどおり、ふつうに」

「あいよ」

酒を飲みながら、すべて食べた。

もっとも酒の肴だから、量はたいしたことはない。

「なるほど」

「わかったの?」

湯屋の娘が訊いた。

「方向はね」

「へえ」

「ほう」

と、星川も感心した。さっぱり見当もつかない。

「じゃあ、あとは昨夜の怪しい客が来るのを待つだけです」

「来るかね。そんなことをしたあとで」

日之助が言った。

「来ますよ、かならず。そんなことをしたからこそ、気になって来ます」

小鈴はまるで町方の同心みたいに自信たっぷりである。


永坂の清八は、胸のあたりがどうにもむかむかしてたまらなかった。

さっき食べた天ぷらそばのせいである。

二ノ橋のたもとに、易者の天喬堂が座るのをたしかめると、見張りの小者《こもの》たちと交代で飯をすませておくことにした。

「麻布名物の更科《さらしな》そばが食いたい」

と、奉行所から出張ってきた臨時回りの同心、堀田順蔵《ほったじゆんぞう》が言った。

臨時回りというのは、定町回りを補佐する役目の同心で、たいがい定町回りを経験した隠居間近の者がなる。この堀田という同心もそうである。歳も星川よりさらに三つ四つ上で、いまは江戸のいろんな名物を食ってから隠居したいと思っているとのことだった。

「麻布の更科そばは、いままで食っていねえ最後の大物でな」

「そうでしたか」

と、定町回りの佐野章二郎がうなずいた。

「天ぷらそばにしよう。おいらがおごる」

「ごちそうさまです」

佐野が笑った。

清八は、天ぷらそばは胃にもたれるので拒否したかったが、言いにくい雰囲気だった。肝ノ臓を病んでから、油っこいものがどうにも食えなくなっていた。

同心の堀田と佐野がそれぞれ二人ずつ、小者をつれてきている。これに清八が加わり七人での捕り物になる。たかだか易者一人を取り押さえるには充分すぎる人数だった。

ほんとうなら、佐野は今朝発見された茂平の殺しの調べで、こんなことにはかかずらわってはいられないはずである。誰か別の同心に担当をまかせ、茂平殺しに専念してよさそうなのだ。

――おそらくあの残虐な殺しから逃げたいのだ……。

と、清八は思った。

例繰方からの大抜擢だと聞いているが、それはいわゆる秀才だったからで、仕事のほうはそう熱心にやる男ではなかった。

近ごろの若いやつは、そうだった。難しそうなことが起きると、すぐに逃げ腰になる。星川や自分が若かったときは違った。大きな事件が起きてくれないかと、いつも期待していた。餌を探す野良犬みたいな、みっともないほどの顔つきで歩いていたのではないか。大きな手柄を立てようぜ、と。

だが、何年前くらいだったか、星川と二人で、そういう人生にいまになって疑問を感じると話したこともあった。必死で生きる人生と、のんびりやる人生。どっちが幸せなのかはわからないと。

結局は人それぞれだという結論に達したが、佐野のような若い同心を見ていると、もう一度人生をやり直すにしても、自分は必死で生きるほうを選ぶ気がした。というより、能力が劣るので、必死でやらないと、おそらく生き抜けないのだろう。

食べている最中に、茂平の話を持ち出したのは、のんびりやれる連中に対する意地悪な気持ちもあったかもしれない。

「そういえば、死んだ茂平は、へちまってえ綽名だったんです」

と、清八は切り出した。

「ああ、そうだな」

堀田がうなずいた。

「別に顔が長いわけでもねえのに、へちまってえのは、お偉い人にぶら下がって生きているからだって聞いたことがあったんです」

清八がそう言うと、

「へえ」

佐野は初めて知ったという顔をした。

「そのお偉い方ってえのは、どなたなんでしょうね」

「ああ、ちらっと聞いたことがあったな。その手の話はあんまりおおっぴらにはできねえが、死んだからいいか」

「そうですよ」

「たしか御目付《おめつけ》でな、いまは本丸付きの御目付で鳥居《とりい》耀蔵《ようぞう》ってお人だよ」

「鳥居さま……」

その名のことは、星川も知らない。

今宵はもう無理だが、明日には伝えておくべきだろう。星川は訳のわからないことに関わろうとしている。できるだけ多くのことを知っておかなければならない。

それは、二人で動いていた当時からのやり方だった。

「なんせ雲の上の人だからさ。おいらもよくは知らねえよ。ただ、切れるけれど、やたらと頭の硬い人で、巷《ちまた》のことを子飼いの密偵たちにいろいろ探らせているとは聞いたな」

「じゃあ、茂平もその一人だったんですか?」

「そうかもしれねえ」

そんな話をしながら、天ぷらそばを食べ終えたのだった……。

だが、天ぷらそばはやはりまずかった。どうにも気持ちが悪い。

橋のたもとで、天喬堂はぼんやり座っている。陽は落ち、人の通りもだいぶ少なくなった。だが、易者はここからが稼ぎどきなのだ。心に悩みを抱えた者は、夜になると不安が増すのか、いまどきになって易者の予言を聞きたくなる。

「そろそろか」

と、佐野が言った。

「ええ」

清八はうなずいた。

反対側に堀田と三人の小者がまわっている。両方からの挟み撃ちで、万に一つも逃がすことはない。

佐野が歩き出したときだった。

清八の喉元に熱いものがこみ上げてきた。

――やっぱり吐くのか。

と、思った。おれみたいに肝ノ臓が弱ったやつは、天ぷらなんか食っては駄目なのだ。

我慢できず、顔を横に向けて吐いた。

だが、出てきたのは、胃の中のものではなかった。いや、胃の中にもあふれていたのかもしれない。

夜目にもそのものの重苦しい色はわかった。黒が混じった赤。錆《さび》臭い味からもわかった。それは血だった。

「うっ、うっ」

血が凄い勢いで噴き出てきていた。

――あれだ。

と、清八は思った。肝ノ臓が悪化すると、最後は口から血を吐いて死ぬのだと聞いたことがある。

それがついにやって来たのだ。

清八は、天喬堂に向かって足早に歩いていく佐野の後ろ姿を見ながら、前のめりに倒れ込んでいった。

四

新しく一人、近所の客は来たが、なかなか目当ての客が来ない。源蔵はちょっと家にもどってくると出ていった。

そのうち、ゆっくり酒を味わっていた小鈴が、

「それにしても、この肴は考えたほうがいいですよ」

と、日之助に言った。

「そうかい」

「お酒はこんなにおいしいんですよ」

「わかるかい？」

「ええ。下手な下りものより断然おいしいですよ。だから、なおさらこういう肴じゃまずいでしょう」

「そうだよな」

「つくってみましょうか？」

「小鈴ちゃんがかい。そりゃあ愉《たの》しみだな」

「ちょっと待ってください。材料が」

と、調理場に行って、下のほうを見た。

「あら、いい油がある。あ、この油はおいしいですよ」

「そう。おこうさんもそれを使ってたって、三河屋の小僧が置いてってったんだ」

「天ぷらでも揚げたいけど、野菜がね。もう八百屋とかは閉まっちゃってるでしよ」

「あ、それだったらうちから持ってくるといいよ」

と、湯屋の出もどり娘が言った。

「じゃあ、あたし、取ってきてやるよ」

腰の軽いちあきが立ち上がる。

「もしかして、玉子とかもある？」

「うん、あると思う」

「だったら、野菜といっしょに玉子もお願い」

「あいよ」

ちあきは嬉しそうに出ていった。

星川はそんな成り行きを面白そうに眺めている。

ちあきと入れ違いに、ちょっと前に出ていった源蔵がももをつれてきた。

「どうしたんだ？」

と、星川が訊いた。

「なあに、ももはやっぱりこっちで飼ったほうがいいと思ってさ。番犬にもなるし」

「そいつはいいですね。昨夜、思いつけばよかった」

日之助は悔しそうにした。

「猫のほうも役に立つかな」

と、星川が言った。

「え、母さん、猫を飼ってたんですか？」

意外そうに訊いた。

「ああ、猫も可愛がってたよ」

「ふうん。昔は、犬は好きだったけど、猫は嫌いだったのに」

「そうなのかい？」

「あたしが飼いたいと言ったときも、ちょっと嫌な顔をしたほど」

「へえ」

「あたし、その猫も飼いたい」

「じゃあ、あとで連れてくるよ」

と、星川は約束した。ちあきほどは、腰が軽くない。

二人の客が別々にだが相次いで入ってきたのは、ちょうど小鈴が天ぷらを揚げ終えたところだった。

皆、そっと顔を見合わせた。

色が白く背の高い男と、背が低く真っ黒に日焼けした男。

日之助がこの二人だというように、小鈴に目配せした。

留五郎はあらかじめ言われていたので、奥のほうでおとなしくしている。「大丈夫。おれは喧嘩っ早くねえから」と言っていたが、たしかにそのようだった。

色が黒いほうは、戸口の近くに皆とちょっと離れるように座って、酒と鯛の刺身を肴に頼んだ。

色が白いほうは、皆がいる奥のほうまで来て、酒と湯豆腐を頼んだあと、

「あれ、昨夜の女将は？」

と、訊いた。

「ちょっと事情があって、やっぱり来られなくなりましてね」

日之助が答えた。

色が黒いほうはちょっとがっかりしたような顔をしたが、色が白いほうは、

「そうなの」

と言って、調理場にいる小鈴を見た。

「それで、新しい女将がこの人？」

「違いますよ」

と、小鈴は苦笑した。

「それより、揚げたての天ぷらはいかがですか？」

「あ、もらおうかな」

かぼちゃ、ごぼう、鯛の残りそうな分が揚がっている。

これを色の白い客には小皿で出し、あとは大皿に載せて星川たちの前に置いた。

「天ぷらは、この酒に合うと思うんですが？」

「合うね」

「酒がさっぱりしてるからね」

「うまいねえ」

と、皆が口をそろえて褒める。

「天ぷらがうまいってえのは元気な証拠なんですよ」

小鈴が言った。

「どこが違うんだろう。金ぷらじゃねえよな？」

と、星川が訊いた。

金ぷらというのは、そば粉を衣にして揚げた天ぷらのことで、その風味が江戸っ子に好まれた。ただ、金ぷらは色が黒いのですぐにわかる。

「わたしはわかります」

日之助が言った。

「つくるところ、見てないですよね」

小鈴が疑いの目を向けた。

「うん。小鈴ちゃんが天ぷらを揚げるときはずっとこっちにいたじゃないか」

「そうですよね」

「これ、衣の粉に玉子の黄身を混ぜてるでしょ」

「よくわかりましたね」

小鈴が感心した。

「わたしは味覚についてはおこうさんからも褒められていたんだよ」

「そう、玉子を混ぜたの！」

湯屋の出もどり娘が驚いた。

そんなことは、江戸の天ぷら屋ではどこもしていない。

「誰にならったんだい？」

と、日之助が訊いた。

「自分で考えたんですよ。玉子を混ぜると、衣がきめ細かくなるような気がしたの」

「へえ」

「さて、それはともかく、あたし、訊きたいことがあるんだよね」

と、二人の客のほうを交互に見た。

「いま、皆にやってみたんだけど、心の奥を探る秘術があるんだよ」

皆というのはもちろん嘘である。

小鈴はなんとかしてやらせたいのだ。

星川はにやりとした。

「なんだ、それ？」

色の白いほうは興味を示し、

「心の奥を?」

日焼けしたほうは警戒するような顔をした。

「やってあげたいけど、恐い? 恐いよね」

小鈴はちょっとからかうような口調で言った。

「恐いわけねえだろ」

「おれもかまわねえよ」

そう言うと、ちあきと湯屋の出もどり娘が、

「すごぉい」

と、小さく手を叩いた。

ますますやらないわけにはいかない。

「まず、最初の言葉があるでしょ。そこから思い出す言葉を言うの。それで、その言葉をどんどんたどっていくの。すると、かならず自分がいちばん言いたくない言葉や場面にたどり着くんだよ。それがあんたたちの心の傷なの」

「なんだ、お安い御用だ」

「そんなことか」

二人は互いに張り合うように言った。

「じゃあ、おれからやるよ」

と、色の白いほうが言った。

「うん、お願い」

「犬からでもいいのかい？」

隅に寝そべっているももを見ながら訊いた。

「もちろん」

「犬というと、庄《しょう》ちゃんだな」

「庄ちゃん？」

「子どものときの友だちで、犬に嚙まれて死んだんだ」

ほかの客たちが笑った。

「犬に嚙まれて？」

小鈴は訊き返した。

「そのあと流行りやまいにかかったんだけど、犬に嚙まれて身体が弱っていたせいで死ぬまでになったんだと、近所の評判だったのさ」

「へえ。それで、庄ちゃんの次は？」

「松《まつ》ちゃんだな」

「また友だち？」

「しょうがねえだろ。思い出しちまうんだから。悪いの？」

「悪くないよ」

「松ちゃんていうのは、しょう油を飲みすぎて死んだんだ」

また、ほかの連中が笑った。

「ねえ、話を面白くしようとしてないよね」

「してないよ。庄ちゃんも松ちゃんも、変な死に方だったから、よく覚えていたんだよ。でも、面白くしちゃ駄目なの？」

「かまわないよ。どうせ、たどり着くから」

「へえ。松ちゃんの次は凧《たこ》あげだな」

「凧あげの次は？」

「独楽《こま》回しだ」

「うん」

「正月……餅《もち》……挨拶……」

顔が真剣味を帯びてきた。

「ああ、嫌なやつがちらちらしてきた。もう言いたくなくなってきた」

「言いたくなければ言わなくたってかまわないですよ」

「いや、言うよ。兄貴だ」

「ほんとのお兄さん？」

と、小鈴が訊いた。

「ほんとの兄貴さ。しつこく苛められたんだよ。なんで、じつの兄貴がおれのことをあんなに苛めるのか、いまでもわからねえよ」

「そういうのってあるよ」

小鈴は真剣な顔で言った。

「そうなのか」

「いまもつづいてる？」

「いや、いまはたまにしか会わねえけど、そうでもないね」

「お兄さんはお兄さんで、つらいこととかあったんだよ」

「そうかもな」

口にして、気持ちがさっぱりしたようでもある。

次に小鈴は、色の黒いほうに訊いた。

「天ぷらから始める？」

「ああ、いいとも。天ぷらというと、やっぱり江戸かな」

「江戸ね」

「江戸というと田舎だ。田舎じゃ天ぷらなんて食ったことなかったよ」

「うん」

「田舎……」

「次は？」

「おやじ……」

「ふうん」

「漁……刺身……塩……なんか、やめたくなってきた」

「いいよ。やめよう。漁師さんなの？」

と、小鈴が静かに訊いた。

「いや、なりたかったけど、なれなかったんだよ。つくったばかりの船をおやじが座礁させちまって、借金だけ残って、おれとおやじは江戸に出て働くことになり、あげくはおやじが身体を毀《こわ》して死んでしまった」

「そうだったの」

「漁師になりたかったよ」

「うん。ところで、鯛の刺身に塩をつけて食べるんだね？」

と、小鈴はこの男が食べている皿を指差した。

酒飲みの中には肴などほとんど食べず、ときおり塩を舐めるだけで飲みつづける者もいる。そんな客のために、塩を盛った皿を置いてある飲み屋は少なくない。おこうのときもそうしていたので、ここも自然とそれは用意してあった。

日焼けした男は、その塩を鯛の刺身の皿につまんで置き、ちょっとつけて食べていた。

「船の上で釣ったばかりの鯛をおろして食うときは、しょう油なんか使わない。塩で食べた。それがいちばんうまかったんだよ」

「でも、昨夜、あの留五郎さんが出された鯛の刺身の大皿に、しょう油をびしゃびしゃかけてしまったんだよね。あんたが、さあ食べようというときに」

「そう。あれは陸《おか》の食い方だ。あんとき、おれは漁師の食べ方を馬鹿にされた気がしたんだよ。酔っ払ってたからな」

「それで、出たあとで、前を歩いていた留五郎さんの頭を殴っていったでしょ。食いものの恨みだって言って」

と、小鈴は男の正面に立って言った。

「ああ、すまねえ。なんか、あっちのやつは戯作者見習いとか言って、楽しそうに生きてるし、そっちのも飾りものの職人というこぎれいな仕事だったりして、だんだんむかついてきたんだよ」

日焼けした男がそう言うと、戯作者見習いは、

「冗談じゃねえ。楽しそうなのは書いてる戯作の中身だけだよ。書いている当人はつらいことだらけさ」

と、ふてた顔をした。

「おれだって、つくってるものはこぎれいでも、貧乏な長屋住まいだぜ」

留五郎も奥のほうで言った。

「じゃあ、お詫びにあんたは留五郎さんに酒を一合おごる」

と、小鈴は言った。

「いい？」

「ああ、かまわねえよ」

「留五郎さんもそれでいい？」

「いいよ」

「お詫びの言葉は？」

小鈴はさらに言った。

「闇討ちみたいに殴って、すまなかったな」

と、元漁師は詫びた。

五

客はいなくなった。

飲み屋の終わりは、祭りのあとのようだった。女将という仕事は、こういう気持ちを毎夜、味わうのかもしれなかった。

「たいしたもんだね、小鈴ちゃん」

と、源蔵は言った。

「そうですか」

「元同心が舌を巻いてたぜ」

星川はいま、猫を連れに、下まで行っていた。

「でも、失敗することだって多いんですよ。人の心は複雑で、いつもあんなかんたんにはわかりませんよ。運がよかったんです」

「最後のお裁きだって見事だったよ」

「ちょっと出しゃばりましたかね。ごめんなさい」

と、頭を下げた。

「この店を引き継ぐ気はないかい？」

と、源蔵が訊いた。

「うん。そうしなよ」

日之助も後ろのほうから言った。

「勘弁してくださいよ。なんであたしが、あんなひどい母親のあとを継がなくちゃならないんですか」

「そうか」

源蔵はかんたんに引き下がった。

こういうときは無理に押しても無駄なのである。

「よう、お待たせ」

星川が猫を連れてきた。

途中で逃げると面倒なので、いちおう首に紐をつけてきたのだ。その必要もなかったらしい。

「ほら、これがおこうさんの飼ってた猫だよ」

星川は猫を小鈴に押しつけるようにした。

「三毛猫なんですね」

小鈴は猫を抱きながら言った。にゃあごと小さく鳴いたが、逃げるようすはない。

「そう。火事のときも、おこうさんが逃がしてやったから助かったんじゃないかな」

「名前は？」

「みかん、ていうんだ。変な名前だろ」

「みかんなの……」

小鈴がうつむくようにした。

「どうした？」

「あたしが子どものときに飼っていた猫と同じ名前だから」

見上げた小鈴の目に涙が浮かんでいた。


誰かが戸を叩いた。

寝そべっていたももが立ち上がって、低く唸った。

星川が戸口のところまで行き、小さく戸を開けた。風が吹き込んでくる。その向こうに、男が立っていた。

「誰だい？」

答えずに、

「おこうさんは？」

と、訊き返した。

若い男である。二刀を差し、袴をつけている。

若い、といっても星川と比べてのことで、三十半ばほどはいっているか。眉の長いのに特徴がある、整った顔立ちの男である。

——告げようか。

星川は迷った。

だが、男の表情に切羽詰まったものがある。嘘をつけば、また来るだろう。

後ろを見た。源蔵と日之助もこっちを見ている。小鈴は二階に上がってしまった。

皆で相談しても、答えは同じだろう。

「亡くなったよ」

星川はぶっきらぼうな調子で言った。

「え」

若い男の身体が揺れた。

「どうして？」

「ひと月前に焼けたんだよ、ここは。炎に巻かれたんだ」

「死んだ……」

男は、立っているのさえつらそうである。

「あんたは、おこうさんのなに？」

「いや、ちょっとした知り合いだが」

そんなわけはない。衝撃はかなりのものだ。

——おこうの夫なのか？

だとしたら小鈴の父になるが、それにしては若すぎる。

——小鈴に会わせたほうがいいのか。

頭の中をいろんな考えが駆けめぐる。

若い男の顔がふいに坂下のほうを見た。

「しまった。ここは見張られていたのか」

と、つぶやくと同時に、男は後ろを向き、戸口を離れて駆け出した。

なにが起きたのかわからない。星川は外に出た。

若い男のあとを二人の男が追っていくところだった。

「倉田、逃がすなよ」

「おうっ」

そう言い交わしていた。

「どうしたんです、星川さん？」

源蔵がこっちに来た。

「おいらは、ちょっと見てくる。おめえらは小鈴ちゃんを守ってるんだ」

星川はそう言い捨てると、いまの男たちの後を追って駆けた。


「なにがあったんですか？」

日之助が訊いた。

「さっぱりわからねえ。先に来た男を追いかけているやつらがいて、それをまた、星川さんが追っかけていったみてえだ」

「小鈴ちゃんを守ってろと言ってましたね」

「なんだかいきなり物騒なことになってきたな」

源蔵は台所まで行き、包丁を二本、手にした。

「日之さん。おめえは、棒でも持ったほうがいい」

「棒なんかありませんよ。源蔵さん、包丁を一本、貸してくださいよ」

「しょうがねえな。おれは二刀流なのに」

と、刺身包丁を渡した。

「冗談言ってる場合じゃないでしょう」

日之助は包丁を受け取ると、戸口のところに立ち、闇の向こうを見透かすようにした。

もう、足音も聞こえないし、人の気配もない。

「追手は二人みたいでしたね」

「ああ。でも、星川さんは、事情もよくわからず追いかけて大丈夫かね」

「ほんとですね」

二人が外を見ていると、後ろで階段のきしむ音がした。

「なにかあったんですか？」

と、小鈴が訊いた。

「いや、いま、おこうさんを訪ねてきた男がいたんだがね、その男は誰かほかのやつらに追いかけられているみたいだったのさ」

「まあ」

と、小鈴は眉をひそめた。

「よう、小鈴ちゃん」

と、源蔵は声をかけた。

「なんでしょう?」

「おこうさんは、誰かに追いかけられているとかってことは、なかったよな?」

「追いかけられてる……」

「小鈴ちゃんを捨てたんじゃなく、逃げたってことは?」

「それは、わかりません」

小鈴は首を左右に振った。

「おい、岡っ引きの茂平が言っていた眉の長いいい男ってのは、さっきの男だったんじゃねえのか」

「あ、そうかもしれませんね」

と、日之助はうなずいた。

「でも、武士だったな」

源蔵がそう言うと、

「母さんの家も侍ですよ」

「そうなのか」

源蔵は日之助と顔を見合わせた。

日之助も意外そうな顔をしている。

「父のほうは医者でした」

と、小鈴が言った。

「へえ」

「二人が夫婦になることは、父の家も母の家も反対だったと聞きました」

「そうなのか」

身の上話が始まるのかと期待した。

だが、小鈴はそれっきりなにも言わなかった。

一本松のところで斬り合いが始まっていた。

先に来た若い男が、両脇を挟まれている。だが、突きかかってくる刃を、動きながら巧みに牽制《けんせい》している。

三人ともかなりの遣い手であることはすぐにわかった。

星川は事情を見定めようと、数歩進んだ。

「おい、元木っ端役人」

と、二人組のほうの片割れが、星川をちらりと見て言った。

「なんだと」

「引っ込んでろ。おめえなんかが出てくることじゃねえ」

「どういう意味だ？」

星川は訊いた。

だが、今度は無言で相手に挑んでいる。

さっきの男は、「ここは見張られていた」と言って逃げ出した。見張っていたのは、店なのか、あるいは小鈴なのか。

元木っ端役人と言った。八丁堀の同心だったことを知っているのだ。

清八は、へちまの茂平が殺された理由を、口封じではないかと言っていた。あの凄まじい斬り口は、こいつらがやったとすれば納得がいく。

「付け火の一味か？」

星川は訊いた。

「だから、引っ込んでおれ」

そう言うと、いきなりこっちを振り向き、斬りかかってきた。

「おっと」

危うくかわした。

——こいつらはそうなんだ。

と、星川は思った。だから、いまだにあの店を見張っていた。

「なんだかわからねえけど、助太刀するぜ」

星川は刀を抜き、斬りかかってきた男に刀を突き出した。

「こやつ」

「なんだよぉ」

正面で刀がぶつかった。火花が散る。

刃を合わせ、押し合う。足を飛ばしてひっくり返したいが、片足になった瞬間、押し倒されるだろう。

背は相手が二寸ほど高い。刃を押しかぶせるようにしてくる。髷が刃に触れているのがわかる。必死で押し返す。

なかなかカタがつかない。

息が切れてきた。獣の咳のような音が、自分の喉から洩れているのがわかる。さぞや酒臭い息を吐きつけているのだろう。ざまあみやがれ。

一人を星川が引き受けているその隙に、最初に来た男が駆けて逃げた。

「くそっ」

後を追おうとする武士に星川は後ろから斬りつける。

ほんのすこしだけ背中をかすった。

「こやつ」

もう一人の豪剣がきた。

「うわっ」

のけぞった拍子に星川は尻餅をついた。

息が苦しく、すぐに立ち上がることもできない。刀を突き出して、次の刀を牽制するくらいがやっとである。

「倉田。こんなやつ、かまうな」

二人は逃げた男を追っていった。

——なにが起きているんだ……。

星川はだらしなく這いつくばったまま、男たちが去っていった闇を見つめた。

悔しいことに、戦い切れなかった。これが五十半ばの体力だった。

いや、しっかり鍛えていれば、まだ衰えは防ぐことができていたのかもしれない。おこうの店に通って毎晩飲んだくれた。癒されるうちに、気持ちはたるんでいたのかもしれない。結局、それがおこうの死の真相につながるかもしれない連中を逃がす伏線になってしまった。

よきことのなかに、悪しきことが混じる。人生は、つくづくこの手の皮肉ばっかりだった。

身体は鍛えなければならない。死ぬまで鍛えつづけなければならない。それは男として、この世を生きていくうえでの礼儀のようなものかもしれない。もし、おこうが生きていたとしても、いまの自分では守り切れなかった。
坂の上から寒風が、星川を蹴り落とそうとするように吹き下りてきた。

（2巻へつづく）

この作品は書き下ろしです。

幻冬舎文庫

●最新刊
すべての人生について
浅田次郎

〝饒舌型の作家〟を自認する浅田次郎が、各界の著名人との真剣かつユーモラスな対話を通して、思いがけぬ素顔や含蓄ある人生哲学、創作の秘話を披露する。貴重な対話集、待望の文庫化!

●最新刊
奇跡のリンゴ
「絶対不可能」を覆した農家 木村秋則《あきのり》の記録
石川拓治

リンゴ栽培には農薬が不可欠。誰もが信じて疑わないその「真実」に挑んだ男がいた。「死ぬくらいなら、バカになればいい」。壮絶な孤独と絶望を乗り越え、男が辿り着いたもうひとつの「真実」。

●最新刊
バブルでしたねぇ。
伊藤洋介

ワンレンボディコン、オヤジギャル、「東京ラブストーリー」、24時間タタカエマスカ……日本国民1億2000万人が心の底から浮かれまくっていた日々を活写する、狂乱の痛快エッセイ!

●最新刊
ディスカスの飼い方
大崎善生

熱帯魚の王様・ディスカスの飼育に没頭し過ぎて、最愛の恋人・由真を失った涼一。かつて幸せにできなかった恋人を追憶しながら愛の回答を導く、恋愛小説の名手が紡ぐ至高の物語。

●最新刊
ふり返るな　ドクター
研修医純情物語
川渕圭一

一患者たった1分の教授回診、患者に聴診器すら当てぬ医師。脱サラし37歳で医者になった佑太は、大学病院の現状に驚く。そんなある日、教授が医療過誤を起こし……。リアルで痛快な医療小説。

幻冬舎文庫

●最新刊
悪の華
新堂冬樹

シチリアマフィアの後継者・ガルシアは仲間に裏切られ、家族を殺された。復讐を胸に祖母が生まれた日本へ。金を稼ぐために極道の若頭・不破の暗殺を請け負う……。凄絶なピカレスクロマン！

●最新刊
ポン女革命！ ニッポン女性を、タフに美しく進化させる、179のスローガン
蝶々

現代的でタフな日本の女性「ポン女」。素敵だし頑張ってるのに、心が満たされないポン女に必要なのは、「勇気・恋心・胆力・母性・生命力・第六感・女力」。7つの力を引き出す珠玉の言葉集。

●最新刊
若頭補佐 白岩光義 東へ、西へ
浜田文人

浪花極道・白岩は女が男に拉致される場面に遭遇し、救出した。彼女がマレーシア人であることを知り、アジアからの留学生を食い物にするNPOが浮上する……。痛快エンタテインメント小説！

●最新刊
イグアナの嫁
細川貂々

貧乏ダメ夫婦が突然イグアナを飼い始めた。これを機に、立て直した生活も束の間、妻の漫画連載が打ち切られ、夫は突然うつ病になる——。イグアナとともに成長する夫婦を描く感動ストーリー。

●最新刊
私が結婚できるとは イグアナの嫁2
細川貂々

絶対結婚なんてムリ！　なのに、風変わりな男性と結婚してしまった。フツーの結婚生活を目指したはずが、毎日イライラ、ケンカの繰り返し。ダメ婚「ツレうつ」夫婦のマル秘結婚ストーリー。

幻冬舎文庫

●最新刊
47都道府県 女ひとりで行ってみよう
益田ミリ

33歳の終わりから37歳まで、毎月東京からフラッとひとり旅。名物料理を無理して食べるでもなく、観光スポットを制覇するでもなく。自分のペースで「ただ行ってみるだけ」の旅の記録。

●最新刊
ほたるの群れ1
第一話 集《すだく》
向山貴彦

歴史の狭間で暗殺を請け負ってきた組織に命を狙われた少女。彼女の唯一の希望は同級生のごく普通の少年だけ。果たして彼らの運命は？ 十代の殺し屋たちの凄絶な死闘を描くシリーズ第一弾！

●最新刊
無趣味のすすめ
拡大決定版
村上 龍

「真の達成感や充実感は『仕事』の中にある」。孤立感を抱えた人々が、この淘汰の時代を生き抜くために大切な真のスタートラインを提示する。多数の単行本未収録作品を含む、61の箴言！

●最新刊
夜に目醒めよ
梁石日《ヤン・ソギル》

会えば必ず罵り合うが、誰よりも固い絆で結ばれている在日コリアンのテツとガク。だがガクの突然の思い付きが二人の仲をぎくしゃくさせる。破天荒で無鉄砲な男たちの闘いに胸躍る悪漢小説！

●最新刊
異邦人
Lost in Labyrinth
吉野 匠

偶然目にした少女は金髪に戦闘スーツ、右手にサブマシンガンを持っていた。その日以来、次々と不可解な出来事が起き始め……。大人気シリーズ「レイン」のスピンオフ・ストーリーの文庫化。

女《おんな》だてら　麻布《あざぶ》わけあり酒場《さかば》

風野真知雄《かぜのまちお》

平成23年4月20日　初版発行
平成26年11月20日　7版発行

発行人――石原正康
編集人――永島賞二
発行所――株式会社幻冬舎
〒151-0051東京都渋谷区千駄ヶ谷4-9-7
電話　03(5411)6222(営業)
03(5411)6211(編集)
振替00120-8-767643
印刷・製本―図書印刷株式会社
装丁者――高橋雅之

幻冬舎時代小説文庫

ISBN978-4-344-41666-6　C0193　か-25-4

幻冬舎ホームページアドレス　http://www.gentosha.co.jp/
この本に関するご意見・ご感想をメールでお寄せいただく場合は、comment@gentosha.co.jpまで。